세상을 지나쳐 가라

김도섭 지음

FOREST
WHALE

차 례

01. 세상을 지나쳐 가라 · 6 | 02. 파리 · 7

03. 한 그루 나무 앞에서 · 9 | 04. 멋진 시력 · 11

05. 36.5도 · 12 | 06. 감정의 엔트로피 · 13

07. 나의 집 · 15 | 08. 안부 · 17 | 09. 실눈 · 19

10. 허영심 · 20 | 11. 11시 11분 · 22 | 12 가해자 · 23

13. 가불 · 25 | 14. 2X1 · 26 | 15. 가혹한 행복 · 27

16. 태풍 · 29 | 17. 침묵 · 30 | 18. 희생 · 32

19. 허우적대는 자 · 33 | 20. 사로잡힌 자 · 34

21. 화음 · 35 | 22. 인생 천재 · 36 | 23. 리본 · 37

24. 세상이라는 책을 읽어라 · 38 | 25. 향수 · 40

26. 검은 불꽃41 | 27. 풍랑 · 43 | 28. 초신성 · 44

29. 아우라 · 46 | 30. 행복 총량과 절제 · 48

31. 걸음마 · 50 | 32. 명작 · 52 | 33. 무지개 · 53

34. 상처 · 55 | 35. 선물 · 56 | 36. 두 가지 진실 · 57

37. 목 안에 나무 · 58 | 38. 배우 1부 · 59

39. 세련된 장점 · 60 | 40. 삶의 짐 · 61 | 41. 지혜 · 64

42. 신뢰의 성질 · 65 | 43. 시네마 천국 · 67

44. 겪어보지 못한 것에 대한 노스텔지어 · 69

45. 결혼의 재능 · 70 | 46. 꽃보다 아름다운 · 71

47. 작은 평생 · 72 | 48. 흉터 · 74 | 49. 재능 · 75

50. 눈인사 · 78 | 51. 니체와 라그니로크 · 80

52. 대변하는 자 · 81 | 53. 깊은 것과 답답한 것 · 82

54. 고요한 담론 · 84 | 55. 독심술 · 86 | 56. 동정심 · 87

57. 지혜와 지식 · 88 | 58. 유리창에 파리 · 89

59. 말과 글 · 91 | 60. 명의 · 93 | 61. 별의 보폭 · 94

62. 난파 · 96 | 63. 세련된 걸음 · 97

64. 자살과 생명의 존엄성 · 99

65. 희망을 배워 버린 고양이 · 101 | 66. 초행길 · 103

67. 등반가 · 104 | 68. 무지의 장막 · 106

69. 레이스 · 108 | 70. 긍정의 박리다매 · 110

71. 나를 죽이지 못하는 고통은… · 112

72. 대화의 전술 · 113 | 73. 돌팔이 · 115

74. 모든 것의 가난 · 116 | 75. 변명의 성질 · 117

76. 방랑자 · 119 | 77. 소심한 살인자 · 121

78. 스포일러 · 123 | 79. 어디가? · 124 | 80. 난간 · 125

81. 나란 너에게 · 127 | 82. 그냥 · 129 | 83. 길 · 131

84. 규칙과 변칙 · 132 | 85. 들꽃 · 134

86. 또 다른 위로 · 136 | 87. 이해 · 138 | 88. 조금만 · 140

89. 진심으로 · 141 | 90. 파괴하라 · 143

91. 일상의 척도 · 144 | 92. 위선자 · 147 | 93. 전생 · 148

94. 저승 · 151 | 95. 지하철 · 152 | 96. 마음의 원근법 · 154

97. 돌아갈 수 없는 · 156 | 98. 연주회장에서 · 157

99. 영감은 비처럼 · 159 | 100. 버스 · 160

101. 부스러기 · 162 | 102. 모자이크 · 163

103. 배우 2부 · 164 | 104. 인생 네 컷 · 166

105. 고개 들어 · 168 | 106. 유영하여 · 169

107. 원망 · 170 | 108. 신의 질문 · 171 | 109. 불편러 · 173

110. 불멍 · 174 | 111. 두 개의 빛 · 176

112. 당황의 두 기술 · 178 | 113. 눈치 · 179

114. 저속한 시력 · 180 | 115. 자살과 저출산의 역설 · 182

116. 연의 꿈 · 184 | 117. 비극 그리고 희극 · 186

118. 말 · 187 | 119. 배려의 신호 · 188

120. 문과 이과 · 190 | 121. 사소한 · 193

122. 우정의 감정 · 194 | 123. 양들의 체온 · 195

124. 에피쿠로스의 모니터 · 196 | 125. 폼 · 199

126. 꿈 · 200 | 127. 두려운 사람들 · 202

128. 디딤돌 · 204 | 129. 심연 · 206 | 130. 마녀의 목 · 208

131. 리모컨 · 210 | 132. 우산 · 211 | 133. 나쁜 X · 213

134. 욕구의 노예 · 214 | 135. 습관 · 216

136. 모든 이의 신 · 217 | 137. 이사 · 219 | 138. 봉지 · 222

139. 자유론 결정론 · 223 | 140. 은은한 사치 · 225

141. 영업비밀 · 226 | 142. 밸런스 게임 · 227

143. 약속 · 228 | 144. 악수 · 230 | 145. 동작 · 232

146. 기적 · 234 | 147. 삼킨 자와 먹힌 자 · 235

148. 공정해질 용기 · 236 | 149. 길 위에서 길을 묻다 · 238

150. 꿈에서 온 편지 · 240 | 151. 설계자 · 242

152. 가면 · 244 | 153. 삶의 한 방울 · 245

154. 숲 속의 두 아이 · 246 | 155. 인생의 의미 · 249

156. 행복의 척도 · 252 | 157. 드라이아이스 · 254

158. 마음의 연못 · 256 | 159. 오류 · 258

160. 위선자2 · 259 | 161. 재능의 가면 · 260

162. 방탕 · 261 | 163. 바닥을 기고 있는 자 · 262

164. 삶이라는 작품 위에서 · 263 | 165. 행복의 저울 · 265

166. 삶의 배역과 행복 · 268 | 167. 흐르는 강물처럼 · 271

01. 세상을 지나쳐 가라

"세상을 지나쳐 가라, 그거 아무것도 아닌 것이니."

그 꽃에 몸을 던지는 나비와 같이.
불 꽃에 몸을 던지는 나방과 같이.
지금, 이것들과 같이, 세상을 지나쳐 가라.

세상의 소유물이 다 사라진다 해도
슬퍼하지 마라, 아무것도 아닌 것이니.
세상의 소유물을 다 가졌다 해도
너무 기뻐하지 마라, 아무것도 아닌 것이니.
고통과 환희도 지나가 버리는 것이니
세상을 지나쳐 가라, 아무것도 아닌 것이니.

-안와리 소헤이리

02. 파리

'난가?'

왜, 내 주변에는 똥파리들만 꼬이는 것인가?
그렇다. 내가 '똥'이었던 것이다. 아니면, 똥을 찾는 파리
중 하나이거나.

'파리 같은 인간'

"이리 와서 같이 어울려."
"에이, 꿀벌들 노는데 파리가 가면 되나요."
"왜 그렇게 자조적이야."
"그럼, 제가 꿀벌 할까요?"

'파리같이'

꿀벌이 멸종하면 수분(受粉) 원활하게 이뤄지지 않아 인류는 엄청난 타격을 받지만, 파리가 멸종하면 수분은 물론 유기물 분해까지 이뤄지지 않아 인류도 함께 멸망한다.

03.　한 그루 나무 앞에서

"이 또한 지나가리라."
"그래, 그러겠지, 근데, 다음은, 다음은 또 뭐!"

'나무새 꽃'

화려하게 타올랐던 불길이 희미해질 때쯤
그대의 오늘이 얼마 남지 않았겠구나.
미려하게 번지는 향이 시들 때쯤
이제서야 오늘이 끝났구나.

'인식의 숲에서'

숲속에서 숲 전체를 보지 못하듯.
인간의 인식은 삶 속에서만 존재하기에 삶 전체를 볼 수
없다.

죽음 또한 삶 속에서만 인식할 수 있는 것이기에, 죽음은 삶의 끝이 아닌,

삶이라는 숲 속에 있는 수많은 나무 중 한 그루 나무일 뿐이다.

"살아라."

-한 그루 나무 앞에서

04.   멋진 시력

'멋진 시력'

세상에는 멋진 사람들이 꽤 많다.

네 시력이 멋지다면, 이제 그들이 보일 거다.

이내, 그들도 네가 보이기 시작할 거다.

"멋진 시력의 원천은, 거의 '감사' 안에 있더라."

"그러함에, 늘 감사해야 하는 것이다."

"젠장, 너무도 잘 알고 있다, 그런데, 대체 누구에게 말인가!"

"오로지 '자신의 삶' 그 자체에게."

05.   36.5도

'이 차가운 사회에서'

"저체온증으로 지치지 않으려면 따뜻한 사람을 곁에 둬라."

'천천히 불붙기 위해'

빨리 불붙고 빨리 식어 버리는 사람을 신뢰하지 마라.
빨리 뜨거워지는 사람을 따뜻한 사람으로 혼동하지 마라.
차가운 사람을 천천히 불붙는 사람으로 혼동하지 마라.

'따뜻한 시력'

먼저 서서히 불이 붙는 사람이 되어야
비슷한 온도로 상승하는 사람들이 좀 더 명료하게 보이
더라.

06.   감정의 엔트로피

'감정의 엔트로피'

눈 달린 죄의식은
내면의 불안, 양심의 가중치, 불균형한 감정들을 높여가며
더욱 무거운 무질서 속으로 영혼을 이끈다.

'입'

과거에 철없이 저질렀던 악행들을 이자에게 모두 고백
했다.
여태 날 괴롭혔던 죄의식에서 해방돼 마음이 홀가분해
졌다.

'감소'

"나는 이제야 저지른 죄를 잊을 수 있을 거 같다."

'귀'

그는 과거 자신이 저지른 악행들을 나에게 모두 털어놓았다.
그리고 참회의 눈물을 흘리더니 얼굴에 평온함이 깃들었다.

'증가'

"나는 앞으로 그가 저지른 죄를 잊을 수 없을 거 같다."

-죄의식 보존 법칙

07.　나의 집

'나의 집'

여긴 나의 집이야. 난 이 집에서 태어났고, 이 안에서만
자랐어.
항상 나에게 포근한 안식을 주는 이 집을 난 사랑해.

'결별'

어느 날 문득 이 집의 모습이 궁금해지기 시작했어.
난 이 집을 정말 사랑하기에,
집의 모습을 보기 위해 떠나기로 마음 먹었어!

"응애! 응애!"
"어머, 예쁜 공주님이 나오셨네요, 수고하셨어요, 산모님!"

-탄생

'*신념, 사람, 사랑…*'

때론, 그것을 더 잘 알기 위해, 그것으로부터 떠나봐야 한다.

-떠나봐야 비로소 보이는 것들

08. 안부

"다들, 잘 지내고 있을까?"

"응, 그럼." (그들은 널 잊은 지 오래야)

'몇 년 만에 재회'

지금, 우린 서로에게 이젠 덧없이 무관해진,

지난 일들에 대해 애써 흥미로운 척 이야기하고 있다.

틀림없이 친구도 같은 생각을 하고 있을 것이다.

'헤어짐'

우린 혹여 서로의 슬픔을 들출까,

정작 서로에게 가장 궁금한 이야기는 끝내 꺼내지도 못

한 채,

침묵을 하나의 약속삼아 각자의 갈 길을 향해

등을 또다시 돌린다.

-죽은 자들의 대화

09.   실눈

"어? 너 얘는 왜 차단해 놨어?"

"어.. 아, 그냥."

-실눈

'실눈을 뜬 자'

질투심 많은 자는 경쟁자를 마치 흐릿한 초점처럼 본다.
자기기만 속 우월감을 위해 그를 정확히 알려고 하지 않
기 때문이다.

10.　허영심

"어머나, 프로필 사진이 너무 예쁘세요."

"히히, 감사합니다."

'허영의 궤도'

타인의 칭찬이 거짓인 줄 알면서도 기분이 좋아지는 이
유와,

자기 모습이 보정이 된 사진을 보며 만족감을 느끼는 이
유는,

허영심이 채워졌기 때문이다.

'인류라는 요리에 한 줌의 소금'

허영심은 꼭 나쁜 것만은 아니다.

어떤 인간이든 어느 정도의 허영은 가지고 있다.

허영심이 없었더라면 인류의 정서는 싱겁고 재미없는
끔찍한 맛이었을 것이다.

'소금은 적당히'

중요한 건,
자신의 감정들과 언행들 중 어떤 것이 허영에서 기인했
는지 잘 알아야
자존심이 부식되는 걸 미연에 방지할 수 있다.

'밑지는 장사'

"자존감을 허영심과 맞바꾸지 마라."

'신성한 마음'

사랑하는 사람 앞에서 결점을 감추고,
신처럼 보이고 싶어 하는 것은 허영심이 아니다.
상대가 고통을 느끼지 않길 원하기 때문이다.

11.　　11시 11분

'째깍째깍'

비 오는 날, 그의 11시 11분 때의 초침은 유독 느리게 흐른다.

'11시 11분'

"자기야, 앞으로 이 시간을 볼 때면 서로를 떠올리는 거다."

'11시 12분을 향해'

어느새, 둘 사이에 사랑의 주문은 이별의 낙인이 되어,
오늘도 각자의 초침에 서로를 태워 숨죽여 보내온다.

-마음의 문신

12.   가해자

'가해자'

난 변했다. 지난날의 잘못을 진심으로 반성한다.
그에게 진정으로 용서를 빌고 호의적인 사람으로 거듭
날 것이다.

'참회'

지금, 그의 앞에서 무릎은 꿇고 있지만, 내 속은 시원하다.

'피해자'

그는 변한 거 같다. 그의 사죄에서 진심이 느껴진다.
그를 용서해 주지 않으면 오히려 내가 비인간적인 사람
이 될 것 같다.

'강박'

지금, 그는 내 앞에서 무릎을 꿇고 있지만, 내 속은 찜찜
하다.

13.   가불

'가불'

무리한 가불은 월급 날을 허무하게 만든다.

희망은 기쁨을 가불하는 것이다.

희망보단 목표를 위한 행동을 위해.

-월급 날 웃으며 보길.

14.　　2X1

'이 곱하기 일'

셋이 있을 때 깊은 대화를 하게 되면, 꼭 한 명은 대화의
깊이에 방해가 된다.

그걸 느끼지 못하면, 그게 자신일 확률이 높다.

15.　가혹한 행복

"행복하라는 말 한마디가 그렇게도 어려운가요?"

"내가… 행복의 목을 조여봐서."

-행복 트라우마

그 사람과 함께한 행복한 꿈에서 깨어나면,

멍하니 천장을 보며, 눈물을 흘린다.

그건 꿈이었기 때문이다.

-잔인한 행복

슬픔에 깊게 빠진 자가 행복을 만나면,

행복을 억눌러 질식시키려 한다.

행복이 또 떠날 걸 너무 잘 알고 있기 때문이다.

-두려운 행복

"때론, 누군가에겐, 자기 행복은 가혹하다."

16. 태풍

태풍이 지나간 자리는, 쓰러진 것을 일으켜 세우기도 한다.

-비바람 속에서 배운 것

17.   침묵

'한마디'

누군가는 천 냥 빚을 갚지만, 누군가는 천 냥 빚을 진다.
침묵의 또 다른 이름은 현명한 관찰자다.

"너 목 쉬었다."
"아… 내가 반박됐구나, 그만하자."

-어떤 논쟁

'언쟁에서'

허영심이 많은 사람일수록 상대의 침묵을 견디기 힘들
어한다.
그 이유는, 그 침묵이 자신을 무시한다고 생각하기 때문
이다.

'두 뿌리'

허영심은 타인에게 받는 간접 외적 평가에서 기인하고,
자부심은 스스로에 대한 높은 내적 평가에서 기인한다.

'어떤 폼'

"허영심은 말을 많이 하게 하고."

'폼'

"자부심은 과묵하게 한다."

18. 희생

"건전하고 성스러운 이기심."

-희생의 본심

무던히도 과대평가 되어 있다.

-가족의 가치

이젠, 그것이 가짜 사랑이라고 해도 상관없다.
모성애라는 낙인에 고통받는 가엾은 한 여인의 아픔을
위로해 주고 싶다.

-이기적 유전자

19.   허우적대는 자

"여기, 사람이 물에 빠졌어요!"

'허우적대는 자'

우울증에 깊게 빠진 자는 주변 사람을 끌어당겨 빠뜨린 뒤,
그 사람을 올라타 수면 위로 고개를 내밀어 잠시 숨을
쉰다.

20.   사로잡힌 자

나에게 사로잡혀 괴로운 사람아

나는 이제 그대에게서 멀어지려 하는데

그대가 나를 붙잡고 있구나.

-그대의 과거가 그대에게

'어제 그리고 내일'

과거라는 애매한 허상과, 미래라는 우매한 상상은 현재

현명한 의지를 갉아먹을 뿐이더라.

21. 화음

어떤 마음은 단조롭게 흘러, 너무 잘 들려 안 들리기도
한다.
멜로디 혼자 쓸쓸히 흐를 때, 비로소 텅 빈 마음은 선명
해진다.

-화음

"중요한 것들은, 늘 단조로움 속에 숨어 있다."

-여우의 화음

22.　인생 천재

'인생 천재'

지혜롭게 살려고 애쓰기보단, 미련하게 살지 않기 위해
노력하는 것,
이것이 삶을 대하는 가장 현명한 태도더라.

23.   리본

이제 포기하고 끈을 잡아당겨 매듭이 풀려가는 찰나,
끈의 모습이 매듭지으려고 했던 모양과 똑 닮은 순간이
있다.

-리본

"포기해도, 끈은 놓지 말길."

24.　　세상이라는 책을 읽어라

'무간'

"이 책에 끝이 있긴 한 건가요?"

"물론이지."

"그 끝에 나는 있나요?"

"어쩌면."

"'움직이지 않는 문학' 혹은 '영원한 문학'의 중심에서,
세상이라는 책을 읽어내라."

'한 장 한 장 깊고 깊게, 충만하게 읽어 가라.'

때론 책장에 베이고 과중한 서사에 위압되어 덮고 싶을
때도 있겠지만.

그 삶이라는 서사의 방대한 문장들이 환희와 고통으로

단순한 단어가 되어

결국 공허라는 두 글자로 사라질 그때까지 너의 세상이

라는 책을 읽어내라.

25.　향수

'조향'

향을 조정하고 특정 향의 조합을 부각하기 위해 동물의 분비물 등,

악취가 나는 연료를 희석해 성분으로 첨가하곤 한다.

'영혼의 향기'

의지박약으로 인한 실수, 그 후 이어지는 자책, 수치, 불안은

영혼의 향이 더 풍부해지기 위한 한 방울의 악취 성분이다.

"괜찮다, 그 한 방울로 영혼의 향은 더 깊어질 테니."

26. 검은 불꽃

"고통을 연소하며 날리는 잿빛 먼지가 고뇌 위에 쌓여간다."

-검은 불꽃

'작고 얇은 고뇌'

작은 고민을 하다 보면, 사람은 그 크기로 굳어져버린다.

'넓은 고뇌'

큰 고민은 크기만큼 더 큰사람으로 거듭나게 한다.

'넓고 깊은 고뇌'

크고 깊은 고민은 온갖 어려움을 버티게 한다.

사물에 대한 새로운 혜안을 얻게 하며, 사람을 새롭게 거듭나게 한다.

'큰 고뇌를 넘어선다는 건, 자신을 넘어선다는 것'

죽음의 문턱을 밟아 본 사람이,
세상을 바라보고 이해하는 안목이 완전 새롭게 달라지는 것과 비슷한 이치다.

'경험치'

삶에서 고통과 고난의 시기는
자신이 고상하게 성장할 기회다.
오지 않는 것도 좋지만, 온다면 오히려 좋다.

"자신이라는 산을 넘어선다면, 세상을 넘어설 것이다."

27.　풍랑

'풍랑'

밑바닥 끝까지 가라앉아 봐야 다시 물 위로 뜰 수 있어

두려워 마, 넌 양수에서부터 이미 타고난 잠수부였으니.

28.   초신성

'푸른 별의 고백'

나, 당신 없이 살 수 없지만, 당신 품에서도 살 수 없어요.
그래서, 오늘도 당신 곁을 이렇게 맴돌아요.

'별의 죽음'

몇 백 년 전, 별이 폭발하며 생긴 빛이, 너의 평생의 밤을
비추듯.
너의 마지막 폭언은 누군가의 밤을 평생 괴로이 비출 것
이다.
그렇게, 시간은 흘러, 그의 밤은 아주 조용히, 다시 너를
심연으로 비출 것이다.

'새로운 별의 탄생'

사과할 수 있을 때 해라, 그게 더 빛날 수 있는 절호의 기
회다.

'안녕, 나의 별빛'

지금, 수백 년 전의 빛이 내 눈을 통과하고 있어.
맞아, 내 짧디 짧은 일생동안,
너란 별은 단 한 순간도 빛나지 않았던 적이 없어.
"항상 빛나 왔고, 또 영원히 빛날 거야."

-미안해

29. 아우라

"미안, 내가 해줄 수 있는 거라고는 널 바라보는 일 밖에 없어."

"그거면 됐어, 충분해. 어서, 너의 세상으로 날 초대해 줘."

-너의 세상으로

'아우라, 차원의 채도'

우리는 모두 서로 각자만의 차원의 채도, 그 안에 속해 있다.

'시선의 초대장'

누군가의 시선을 느낀다는 건, 어쩌면, 그 누군가의 차원으로

입장 되는 현상을 감지하는 오감의 발현일지도 모르겠다.

"너의 차원의 채도는, 새파랗게 위압된 내 차원을 녹여 준다."

-널 닮고 싶다

30.   행복 총량과 절제

"아, 그러함에, 작은 것에 만족을 느끼는 삶이야말로…"
"이미 큰 것을 봐 버렸는데, 어떻게 만족을 느끼나요?"

-고기 맛을 알아버린 대뇌반구

'행복의 총량'

행복을 작은 것에 느끼려 하기보다는, 조금씩 쓴다는 감각이
더 도움이 되더라. 이것의 다른 의미는 '절제'이기도 하다.

정신의 고갈에서 오는 냉정함과, 절제에서 오는 냉정함
이 있다.
전자는 기분이 나쁘고, 후자는 쾌활하다.

-두 가지 냉정함

'기분 좋은 차가움'

"절제를 위한 자신만의 냉정한 감각 한 가지를 몸에 익혀라."

31.   걸음마

"어디가?"

"그러게, 나 어디 가는 건가요?"

-새벽

'자세'

어디로 가야 할지 모를 때는 일단 똑바로 걸어라.

그렇지 않으면 심연을 걷게 된다.

'삶의 걸음'

항상, 걷는 건 어렵지 않다, 제대로 걷는 게 어렵지.

'첫걸음마'

사고 후 첫걸음을 떼기까지 2년이란 시간이 걸렸다. 그러고 보니, 우린 모두 태아 때부터 2년이라는 세월을 버텨내고 첫걸음마를 뗀 자들이다.

'숫자들에 연연하는 자신을 바라보며'

빠르게 가려, 멀리 가려 하기보단
한 걸음을 걸어도, 제대로 걸어 보려는 성의가 중요하다.
결국 이것이 진정 원하는 곳에 다다를 수 있게 만드는
원동력이 되더라.

"느리게 가라는 것이 아니다. 단단하게 가라는 것이다."

32.   명작

'명작'

네가 인정하든 말든, 이 땅 위의 모든 부모는 예술가다.
너라는 작품을 만들었으니, 넌 존재 자체가 거의 예술이다.

33.　무지개

"왜 울어요?···"
"미안, 나도 잘 모르겠어."

'흠뻑 울 수 있는 재능'

하늘이 척박해진 땅에 비를 내리게 하듯.
피폐해진 정신에 자양분을 내리는 일종의 성스러운 재
주다.

'슬기로운 기재'

가끔 눈에서 빗방울이 떨어진다면 한껏 충만하게 적셔
내길.
그것이 웃음이라는 열매의 씨앗을 뿌리는 넉넉한 지혜
이니.

'오늘의 날씨'

"태양은 다시 떠올랐고, 그대 얼굴에 무지개가 피었네요."

34. 상처

"아이고, 이런.... 젊은 사람이 어쩌다가, 어딜 다친 거야?"

"마음이요."

'상처'

숨기고 싶다면, 웃음 뒤로 깊숙이 감춰.

지우고 싶다면, 유쾌 앞으로 완전히 드러내.

35.   선물

'선물'

우리는 좋아하는 사람에게, 자신의 마음을 예쁘게 포장
해 전해 주고 싶어 한다.

'포장'

자신의 마음을 예쁘게 포장해서 상대에게 주는 것이 좋
아하는 마음이라면,
상대의 마음을 정성스럽게 포장해서 상대에게 주는 것
은 '사랑'이더라.

"널 만나기 전엔, 난, 내가 좋은 사람이 아닌 줄 알았어."

-그대에게 그대를

36.   두 가지 진실

'어떤 진실'

고개 숙인 그에게 모욕감을 주고 싶다면, "그건, 다 너의 선택이었어"라는 진실을 말해줘.

'진실'

고개 숙인 그의 부끄러움을 덜어 주고 싶다면 "지금부터, 너의 선택이야"라는 진실을 말해줘.

"지치지 마, 친구야."

-두 가지 진실

37.   목 안에 나무

"선생님, 저 너무 불안해요."

-목 안에 나무

'나무'

하늘의 빛을 품고 높게 솟아오르기 위해선, 뿌리를 어두운 땅 속에 깊게 뻗어야 한다.

'고통의 뿌리'

폭풍 한 가운데 있다 느낄 땐, 눈을 감고 깊은 숨을 뻗어가라.

"뿌리 깊은 나무는 쉽게 쓰러지지 않는다."

38.　배우 1부

'배우'

인생의 가면극에서 운명을 연기하는 불완전한 배우들.

'가면'

"진짜 내 모습은 무엇인가요."

"질문이 틀려서 답을 해줄 수가 없다."

"네?…"

"그럼 내가 질문을 하지. 넌 어떤 모습이 되고 싶은가?"

'명배우'

"너의 반대편에 서서, 너 자신을 연기하라."

39.　　세련된 장점

"당신의 장점은 무엇입니까?"

나의 장점은,

단점과 약점이 드러나지 않도록 자연스럽게 잘 감추는 것.

아차, 근데 방금 장점 한 가지를 또 잃어버렸다!

-허술한 장점

나의 장점은, 단점을 장점의 대가로 생각하는 것.

약점을 장점처럼 보이게 잘 꾸미는 것.

그 후 자연스럽게 드러내는 것.

-세련된 장점

40.   삶의 짐

"아.. 이거 버릴까 말까.."

-미련과 욕심의 경계에서

'짐'

버릴지 말지 고민될 땐 버려라, 필요해질 때 다시 얻게
되니.

'부피'

우월감을 버린다면, 그날의 '삶의 짐' 부피의 절반을 줄
인 것이다.

'무게'

열등감을 버린다면, 그날의 '삶의 짐' 무게의 절반을 줄인 것이다.

'비움의 공명'

청소 이후 마음이 안정되듯이, 특정 물건을 버리는 결단력과
행동은 실제로 마음을 비우는 데 도움이 되며 영향을 미친다.

"쓰레기는 조금씩 그리고 자주 버려라."

-마음의 분리수거

'불안의 성질'

불안은 인간이 이미 가장 무거운 짐을 지고 있을 때, 짐 사이로 살며시 스며든다.

"가볍게 가자."

41. 지혜

'맹아'

"진리를 위한 진리에, 우린 눈이 멀어 버렸다."

'지혜의 방'

"인간은 지혜로울 수 있나요?"
"그렇다."
"그럼, 나에게 최고의 지혜를 주세요."
"오, 이런 어리석은 자여."

"인간 최고의 지혜는 자신의 무지를 깨닫는 것이다."

-지혜로운 무지

42.　　신뢰의 성질

"안녕, 낯선 사람, 난 당신을 속일 수 없어요."

-영겁의 차원을 거슬러

'신뢰의 구조'

"넌, 날 믿지 못하는구나."

"왜 그렇게 생각하는 건데?"

"지금, 내가 널 믿지 못하고 있거든."

-다른 차원의 자신과

'신뢰 혹은 자신의 본질'

"아니야, 지금, 네가 믿지 못하는 건, 너 자신이야."

'불확실한 미래 앞에서'

미래의 모든 길들을 하나하나 신뢰하려는 건 엄청난 에너지 소모다.

하나, 현재 자신만 믿는다면 모든 길 뿐만이 아니라, 미래 전체를 신뢰할 수 있게 될 것이다.

'어진 농부의 심정으로'

개선의 씨앗과 불신의 씨앗을 혼동해 키우지 않게 주의하라.

43.　시네마 천국

"이건, 몸만 늙어버린 서러움에 대한 눈물인가."

'기억 저편에서'

어릴 때는 최근의 일들이 잘 기억나지만,
나이가 들수록 근래 일들은 잘 기억나지 않고 오히려 어
릴 적 일들이 선명해진다.

'관조적 촬영기법'

나이가 들수록 통찰력으로 사물을 보지만,
세계관이 형성되는 시기, 즉 어릴 때는 주로 발달한 직
관력으로 사물을 보기 때문에,
경험들이 강렬해 더 오래 기억에 남는다.

'인생이란'

젊은이에겐 너무나 긴 장편 영화이며, 노인에겐 너무나
짧은 단편 영화다.

44.　겪어보지 못한 것에 대한 노스텔지어

그리움을 일찍 배워버린 아이들

'경험한 적 없는 것에 대한 노스탤지어'

오, 무성 필름 속, 아득히 밀려오는 꿈을 닮은 그리움이여.

"우린, 그때 거기 있었다, 유전자라는 고요한 유기체로."

-그리움을 닮은 아이

45.   결혼의 재능

"그는 결혼을 파괴했다. 그러나, 결혼이 먼저 그를 파괴
했다."

-정당방위

'두 가지 재능'

자신 혹은 어떤 사람의 성공적인 결혼 생활이 궁금하다면,
그 대상의 우정 관계를 주의 깊게 살펴보면 대략 알 수
있다.
우정의 재능과 결혼의 재능은 거의 같은 성질이기 때문
이다.

"결혼은, 사랑으로 잡은 손을 의리로 놓지 않는 것이다."

46.　꽃보다 아름다운

예전엔 예쁜 사람이 좋았는데, 이제는 좋은 사람이 예쁩니다.

-꽃보다 아름다운

47. 작은 평생

"안녕, 오늘도 잘 부탁해."

'아침놀'

오늘이라는 작은 평생을 함께할, 자신의 손을 꼭 잡아
주길.

'정오'

불온한 생각들이 머릿속을 오가도, 자신의 손을 놓지 말길.

'저물녘'

오늘 진정 자신다운 삶의 길을 걸었다면, 그날 밤 죽어
도 여한 없는 삶을 산 것이다.

가장 나 다운 삶의 방식을 깨닫고 이해한 것은 인생 최대의 기쁨이기 때문이다.

'끝에서'

찬찬한 예술가가 되어, 영원의 하루를 조각한 자신을 쓰다듬어 주길.
다정한 시인이 되어 "고마워"라고, 읊조려 주길.
다음 생에서도 망설임 없이, 오늘의 자신과 함께하길.

'기도'

두 손을 모은다는 건, 자기 자신과 손잡는 일인지도.

"안녕, 오늘도 잘 부탁해."

-영원의 하루

48.   흉터

"또, 잊은 것인가! 자신을 부끄럽게 만들 수 있는 건, 오
직 자신 뿐이라는 걸."

-장애

"삶이라는 치열한 투쟁에 대한, 그 훈장이 자랑스럽다."

-흉터

"가장 잘 숨기는 것은, 숨기지 않는 것이다."

-보물

49.　재능

"신이시여, 당신이 원망스럽습니다."

-굳어버린 꿈

'우상'

"넌, 그와 같지만, 그는 아니다!"

-21세기 대한민국 정오에서

'재능이 적은 이유'

우리의 재능이 실제로 있는 것보다 더 적어 보이는 건,
우리에게 맞지 않거나, 혹은 자신에게 너무 큰 과제들을
주고 있기 때문이다.

'유튜브'

오늘날 미디어 발달로 누구나 쉽게 재능을 키울 수 있다.
그러나 열정, 인내심, 활력으로 인해 소수만이 실제로
재능을 발휘한다.
이는 본질을 찾아낸 진정한 자신이 된다는 의미다.

**"재능 없는 사람은 없다. 다만, 인내와 끈기가 없을 뿐
이다."**

'정신의 드레스'

옷 치수에 몸을 억지로 맞추려고 정신을 혹사하지 말라.
몸에 맞는 옷을 찾아 입고,
그 옷을 부단히 세련되게 리폼하라.

'신의 선물'

재능을 받지 못했다고 신을 원망할 필요 없다.

스스로 자신의 신이 되어, 자신에게 재능을 선물해라.

50. 눈인사

'병든 도시'

점점 사람이 재미없다.

이 도시는 좀 더 표현에 관대해질 필요가 있다.

표현의 가장 기본은 '인사'다.

"뭐해?"

"책 보고 있었어."

"오, 무슨 책?"

"아, 이거, 프로이트."

'심리학'

넌 사람을 배우고 싶어 하는구나.

그러면, 책보다는 먼저 명료한 눈인사부터 익혀라.

'삶이라는 전쟁터에서'

부드러운 눈인사는 강력한 무기 중 하나이다.

명료하면 명료할수록, 그 위력은 배가 된다.

51.   니체와 라그나로크

'천민'

항상 남 탓을 하며 타인과 시끄럽게 싸운다.

'진리의 궤도에 서 있는 자'

항상 자신의 탓을 하며 조용히 자기 자신과 싸운다.

'현명한 자'

누구의 탓도 하지 않고 누구와도 싸우지 않지만,
항상 웃음을 잃지 않고 싸움을 방비한다.

52. 대변하는 자

'두 변호사'

재력가의 재산을 지켜주기 위해 부자들을 변호하는 자.
가난한 사람들을 지켜주기 위해 서민들을 변호하는 자.

'두 작가'

사람들이 주목할 만한 희귀한 풍경을 담고 표현하는 자.
사람들이 무심코 지나치는 소박한 풍경을 담고 표현하
는 자.

'존재의 대변자'

작가는 사물을 대변하는 사람이다.
시시한 자들은 위대해 보이는 것을 대변하지만,
위대한 자들은 소박한 것을 대변한다.

53.　깊은 것과 답답한 것

"아, 너 왜 이렇게 답답해."

'귀인 오류'

다른 사람에게 답답하게 보일까 두려워,
자신의 깊이 있는 기질을 얄팍하게 만드는 오류를 범하
지 말길.

'깊으면 깊을수록'

사람은 누구나 깊이 있는 기질을 기본적으로 지니고 있다.
그 기본 기질을 보강함으로써, 삶을 좀 더 유리한 방향
으로 이해할 수 있는 척도가 되더라.

'중앙처리장치'

생각이 '많은 것'과 '깊은 것'은 엄연히 다른 구조방식이다.

"아, 너 왜 이렇게 답답해."

"깊이 있는 것과 답답한 걸 혼동 하지 마."

54. 고요한 담론

"아무도 몰래 자신을 훔치며."

'도둑'

"모두 떠나가 버렸구나! 자, 그럼, 이제 시작해 보자."

'고요한 담론'

자신과의 대화에서 계속해서 한쪽만 질문을 한다면 책을 읽어라.

그리고 또다시 대화를 해보아라. 그런데 이번엔 또 다른 한쪽이 어떤 확신을 고집한다면,

책을 덮고 밖으로 나가 허기가 질 때까지 걸어라.

'자신과의 대화에서'

대화의 양과 깊이는 자기 발전의 크기와 속도에 비례한다.

할 말이 많으면 많을수록 발전의 가능성이 큰 사람이다.

"아무도 모르게, 자신의 세상을 완성해 가라."

55. 독심술

'독심술'

이 능력은 축복일까? 저주일까?

한 가지는 확실한 건, 숨 막히게 외로운 능력일 것이다.

56.   동정심

'동정 받은 자'

그는 좋은 사람이다.

내가 힘들었을 때 날 성의 있게 도왔고 나의 슬픔을 함
께 나누었다.

나처럼 그도 행복하길 바란다.

'동정심 많은 자'

그는 이제 행복해졌다.

난 그에게 더 이상 필요 없는 존재가 되어, 난 우월감을
느낄 수 없다.

난 그가 좀 더 불행하길 바란다.

57.   지혜와 지식

"모든 것은 하나이며, 그 하나는 모든 것에 존재한다."

'+, -'

끝없이 더 하는 것이 '지식'이라면, 한없이 덜어내는 것은 '지혜'다.

"무한에서 영원을 거쳐, 그렇게 나 자신에게."

'지혜와 지식 그 간극에서'

다름의 차이점을 찾아내는 것이 '지식'이라면,
다름의 차이점을 좁혀 종국에 같음을 증명하는 것은 '지혜'다.

"지혜 없는 지식은 허망하고, 지식 없는 지혜는 위태롭다."

58.　　유리창에 파리

"난, 사람의 마음을 읽고 싶습니다."

"저기 유리창에 파리가, 너를 똑 닮았구나."

난 그의 모든 걸 파악했다. 그는 내 예상대로 움직일 것이다.

어, 그런데, 그는 거듭 내 예상과는 전혀 다른 행보를 보인다.

"그의 마음이 뻔히 보이는데도! 나로선 이해할 수가 없다."

-마음 앞에서

난 파리다. 이 집의 모든 구조를 파악했다. 저기 음식이 있다.

어, 근데 알 수 없는 무언가에 가로막혀 더 이상 갈 수가 없다.

"여기 바로 음식이 보이는데도! 나로선 이해할 수가 없다."

-유리창 앞에서

-마음의 유리창 앞에서

59.   말과 글

'Air Pods'

무엇도 듣지 못하지만, 이 나의 비좁은 선율보다, 더 넓고 아름다운 '상상계'에 있는 그를 떠올리며.

'원무과에서'

"과장님, 저 병실 좀 바꿀 수 있을까요?"
"아, 방에 무슨 문제라도 있으세요?"
"아뇨… 그냥… 좀.."

'말과 글'

어눌한 말투와, 틀린 맞춤법은 전달력과 신뢰성이 떨어지는 것이 사실이다.

하나, 요양원 생활을 하며 한 가지 깨달은 사실이 있다.
사람이 말이 어눌하다 해서, 그 생각마저 어눌한 것이
아니라는 것을.

"그때, 가장 어눌했던 건, 나의 그 편협함이었다."

-편견의 모서리에서

"인간은 자기 생각조차도 온전히 말로 표현할 수 없다."

60.   명의

'명의'

당황했거나 불안해하는 사람에게 내리는 최고의 처방은,
그 사람에 대한 것을, 아주 명료하게 칭찬해 주는 것이다.

인간이 할 수 있는 거룩한 행위 중 하나는, 누군가의 부
끄러움을 덜어주는 것이다.

-가장 인간적인

"오늘도 살아줘서, 고마워요."

61.　별의 보폭

"자기야, 저기 보이는 저게 '파란 고리성운'이야."

-천문대에서

두 세계를, 한정된 시공간 지도 안에, 한 세계로 녹여내는 일.

-연애

"너의 빛은, 나의 별을 끝없이 도취시켜."

-쌍성

연애라는 궤도에선, 성욕이 사랑보다 한 발짝 정도 느려야
마음과 육체의 균형이 유지돼, 눈부시게 더 오래 돌 수
있다.

-별의 보폭

62.　난파

"때론, 난파가 눈부신 육지에 다다르게 해준다. 꽉 잡아라."

-삶의 파도 위에서 배운 것

63.   세련된 걸음

'때론'

가만히 내버려 둬야 할 때가 있다. 하나, 그건 말 그대로
'때로는'이다.

'가끔'

버려야 하는 초심도 있다. 하나, 그건 말 그대로 '가끔은'
이다.

'잠시'

"내려놓고 쉬어 가길."

"한걸음 물러서는 자는, 물러선 쪽 자신을 앞서간다."

-세련된 걸음

64.   자살과 생명의 존엄성

"내가 나를 죽이기로 했던, 정확한 시점은 언제일까?"

-바다와 강의 경계선에서

어느 여름 날 그는 나에게 말했다.

개미를 밟지 않으려고 하다가, 자신이 넘어지려고 한다고.

난 연민 따윈 그냥 짓밟고 지나가라 일러줬다.

그는 잠시 먼 곳을 응시하더니 거의 울 것 같은 표정으로 나를 보며 말했다.

"그럼, 땅을 보지 말고 걸어야 하는 거야?"

난 더 이상 아무런 대답을 하지 못했다.

-지독한 연민

'생명의 기준'

"대체, 어디까지 생명으로 봐야 하는 건가요?"
"아직 정의 내릴 수 없다, 어쩌면 영원히 할 수 없을지도."

'생명 존엄성에 대한 기준'

"그 종이 감정의 격동으로 인해, 자살을 선택할 수 있다면!"

세상에 던지는 가장 심오한 철학적 질문은, 바로 자살이다.

-알베르 까뮈

65. 희망을 배워 버린 고양이

"너희 인간들은 참 이상해, 겨우 한마디 말과 글 때문에,
죽을 수도 있고, 살아갈 수도 있다니 말이야."
"그게 인간이야, 우린 희망이야."

-희망을 배워 버린 고양이

"그때, 그 희망들은 염원이었을까, 욕심이었을까?"

-시간이 흐른 뒤

'버려진 희망'

그 차갑던 날 깨달았어.

고양이가 스스로 목숨을 끊을 수 있었던 심오한 이유는,

인간의 희망을 닮아버렸기 때문이라는 걸.

"걷고 또 걸었어, 그러다 겨울이 왔어."

-행복한 라짜로

66.　초행길

'여행'

"다녀오겠습니다."

'초행길'

처음 그 목적지에 다다르는 길은 느리게 흐르지만,
같은 거리임에도 불구하고 집으로 돌아오는 길은 항상
빠르게 흐른다.

'집으로'

나이가 들수록 세월에 가속도가 더 붙는 건,
어쩌면 우린 지금,
우리의 진짜 집으로 돌아가고 있는 길인지도 모르겠다.

"다녀왔습니다."

67. 등반가

"우린, 모두 보이지 않는 산을 오르고 있는 중이야."

'세련된 등반'

인간은 모두 고난이라는 산을 오르고 있는 등반가들이다.
하나, 평범한 등반가와 훌륭한 등반가의 차이점은,
훌륭한 등반가는 산을 오를 때 걱정에 빠지지 않는다.

'경로 수정'

"예감과 걱정을 혼동 하지 마, 예감했다면 대비를 해!"
우매한 자는 걱정을 하지만, 현명한 자는 대비를 하더라.

'삶의 중턱 쯤에서'

이쯤 와서 돌아보니, 좋지 못했던 건 걱정했던 순간들이
더라.

"깊이 몰두하는 자는, 언제나 모든 곤란을 넘어서 있다."

'첫 풍경 그리고 삶의 끝에서'

정상에서야 비로소 보이는,
그 험난 했던 모든 길의 신비한 첫 풍경을
끝 가슴에 충만하게 담아가라.
그리고 당당히 외쳐라.

"나 후회 없이 걸어왔고, 몇 번이고 다시 오르겠노라고."

68. 무지의 장막

'무지의 파괴력'

"선한 자의 어리석음은, 악한 자의 영민함 만큼 위험하다."

'장막을 거두며'

악한 자의 영민의 어둠은, 선한 자의 영민의 빛으로 상
쇄시킴으로써,
장막을 거둬 그 깊이를 가늠할 수 있다.
하나, 선한 자의 어리석음은 순수성이라는 안개로 인해
영민의 빛을 비추어도 앞이 잘 보이지 않아
그 깊이를 헤아리기 어렵다.

'손을 내밀며'

부끄러워 말고 먼저 손을 내밀어 배워라.

어리석은 자는 나무라지만

현명한 자는 오히려 즐거워하며 성심껏 가르침을 줄 것

이다.

이 자체가 곁에 꼭 두어야 할 사람과,

멀리할 사람을 가리는 하나의 현명한 방법이 되기도 하

더라.

'무지'

모르는 건 죄가 아니지만,

알려고 하지 않는 건 죄악이며,

인정하지 않는 건 최악이다.

69.   레이스

'호구'

"난 말이여, 내 눈으로 본 것만 믿어."
"아, 그러시구나, 김 군아, 여기 손님 받아라."

'만착'

"오감 중, 시각을 기만 당했을 때, 가장 치명적이다."
시선이 모자란 자는 점점 더 적게 보게 되지만,
귀가 미흡한 자는 늘 몇 가지를 더 듣게 된다.

'타짜'

때로는, 보여도 보인 게 아니고 들려도 들린 게 아니다.
눈을 감고 귀를 막아야, 더 잘 보이고 더 잘 들리는 게 있
더라.

'더 세련되기 위한'

막연한 추상적 개념이 아닌, 생각 그 자체를 한 번 더 보는 것.

이것이 자신을 믿어 가는 합리적인 방법 중 하나더라.

'실전 레이스'

호구는 장애물을 보며 달리지만, 타짜는 길을 보면서 달린다.

70.   긍정의 박리다매

"그러함에 현재에 만족하는 자가 가장 부자이다."

"현재에만 만족한다면, 어떻게 성장할 수 있나요?"

"현재에 만족하는 것이, 성공할 기회들의 기본이 되기 때문이다."

'될 놈 될'

성공할 기회는 현재를 만족하고 있는 사람에게 자주 찾아간다.

'시스템'

다음 성장 단계의 기회는 현재를 빈틈 없이 만족할 때 온다.

'긍정의 박리다매'

아주 작지만 양으로 승부 봐라.

소소한 긍정들로 만족의 틈새들을 메워라.

'긍정의 특징'

긍정의 기운은 그것과 비슷한 성질의 현상들을 몰고 온다.

파리는 벌집으로 가지 않고, 꿀벌은 오물로 가지 않는다.

"그건, 그냥 '원래' 그런 것이다."

71.　나를 죽이지 못하는 고통은…

"이젠, 너무 지쳐서, 살지도 죽지도 못하게 돼 버렸어."

'무기염류'

결핍과 권태, 그 이상도 그 이하도 아닌.

'숨겨진 가치'

무언가 다 잃은 듯 보여도, 분명 얻은 것이 있다.

정말 최악은 고통의 의미를 찾지 못하는 것이더라.

"고통의 질과 성장의 양은 무서우리 만큼 비례한다."

72. 대화의 전술

"이런 곰 같은 여우를 보았나."

'곰'

이 사람과 대화를 나눌 때면 재치 있는 말들이 술술 나온다.

내가 매력 있는 사람이 된 거 같다. 나 자신이 가장 나 답게 느껴진다.

나는 이 사람이 좋다.

'여우'

나는 이 사람에게 호감이 있다. 그래서 말할 기회를 적절하게 내어주고 잘 들어준다.

그럼, 그는 더욱이 신이 나서 기발한 재치를 부린다.

이제, 이 사람은 나를 좋아하게 될 것이다.

'여우 vs 여우'

이 둘은 서로에게 호감이 있다.

그러나 둘의 대화는 아무런 매력도 재치도 없이 무미건
조하게 흘러간다.

그렇게, 처음 느꼈던 호감들은 대화와 함께 건조하게 말
라버린다.

-대화의 전술

73.   돌팔이

'돌팔이'

동정심 많은 사람은 어떻게 해서든지 도움을 주려는 습
성 때문에,

상대방에게 무책임한 처방을 빈번히 내리게 된다.

74.   모든 것의 가난

"내가 가진 게 없다고, 그래서 날 무시하는 거야?"
"넌 너를 갖고 있지 않아, 그래서 무시하는 거야."

-모든 것의 가난

'양심'

오로지 자신에게만 집중해, 타인의 관점에 널 집중 하는 건
어리석은 행동을 넘어, 너를 너 답지 못하게 하는 무거
운 '죄'이니.

"너는 너 자신이 되어야 한다!"

-양심의 외침

75. 변명의 성질

"넌 왜 울어?.."
"네가 울잖아…."

'변명'

자기 감정을 상대에게 전이 시키는, 일종의 감정적 공감
능력.

'노련한 변명'

'자기 연민'이라는 감정이 상대방에게 전이되며, 그 감정
은 상대방의 내면에서 슬픔으로 전환된다.

'어설픈 변명'

'자기 죄책감'이라는 감정이 상대방에게 전이 되며, 그 감정은 상대방의 내면에서 불쾌감으로 전환된다.

'잘하거나 혹은 안 하거나'

노련한 변명은 상당한 정신적 에너지 소모를 대가로 요구한다.

그럴 자신이 없다면, 애초에 시작하지 않는 편이 현명하다.

76.   방랑자

'노을'

집으로 돌아와 유튜브를 켰을 때, 석양빛은 창틀을 물들였다.

'목소리'

사람이 그리운데, 사람에게 지쳐버린,
이 지독한 모순을 유튜브에서 흘러나오는 목소리로 넌지시 덮어본다.

'생방송'

"지금 거기 사람 있나요?"

'창문 틀'

열어 놔 쌓였던 먼지. 닫아 놔 쌓여 가는 먼지.

"사람에게 잡아 먹힐 것인가, 외로움에게 잡아 먹힐 것인가. 자, 이제 선택해라."

'고요하게 수려하게'

자아실현, 즉 자신을 온전하게 만드는 건 결국 자신 뿐이다.
그러니, '외로움'이 얼마나 필연적 아름다움 이란 말인가.

"삶이라는 퍼즐의 마지막 조각은, 자기 자신이다."

'너라는 세상을 여행하라.'

"오, 위대한 탐험가이자, 이런 고독한 방랑자여."

77.   소심한 살인자

'지인'

"평소에 숫기도 없고, 남에게 피해주는 걸 싫어했어요.
그런 착한 녀석이, 어떻게 그런 짓을⋯."

'위험한 오류'

소심함과 착함은 전혀 다른 개념이다.
평소, 겁 많고 소심한 사람을 만만하게 업신여겨 원한
사는 일이 없도록 해야 한다.

'겁 많고 소심한 사람들의 복수'

그들은 사소한 일에 유연하게 대처하지 못하며, 자신을
보호하는 능력이 결여 됐다.

때문에, 그들은 자신이 적으로 간주한 사람을 말살하는
것을 최선의 해결책으로 생각하곤 한다.

78.   스포일러

행복한 영화가 싫다 했다. 가슴이 따뜻해지는 결말이 싫다 했다.

오늘 잠들어 눈 뜨면 여전히 또 오늘이 진행 중인데,

행복한 결말을 무책임하게 말하는 그런 영화가 싫다 했다.

-가끔은 그가 편해지길

"그냥… 하루 종일 집에 있었지…"

"밥은?"

"뭐… 휴… 아니 아직, 넌 영화 보고 왔다며, 재미있었어?"

"야, 완전 장난 아니야, 이번에…"

"야, 스포하지마."

"아, 씨, 뭐 좀, 말만 하면 스포래, 진짜 스포 하나 해줘?"

"뭐?"

"네, 인생은 결국 해피엔딩이라는 거."

"괜찮아, 넌 다음을 알잖아."

79.   어디가?

"어디가?"

"아, 나, 잠깐 부엌에 좀 갔다 올게."

'여행길'

여행하는 동안 대부분의 사람은 여행의 목적을 잃어버린다.

'삶의 목적'

우리는 직업을 선택할 때,

어떤 목적을 이루기 위한 수단으로 시작하지만,

어느샌가 직업이 목적 자체가 되어 버리곤 한다.

"쓰읍, 내가 부엌에 뭐 하러 왔더라?"

80.   난간

"고마워."

"응? 뭐가?"

"그냥, 다."

-계단을 오르며

'인생의 계단을 오를 때'

주변에 난간 같은 사람이 있다는 건 큰 축복이다.

난간을 잡고 오를 수 있어서가 아닌, 안정감 있게 오를

수 있기 때문이다.

'마법의 난간'

자신의 난간을 만들고 싶다면, 먼저 자신이 누군가의 난
간이 되어 주려는 호의적인 자세를 취해야 한다.

그럼, 어느 순간부터 자신의 난간이 살며시 모습을 드러
내기 시작 할 것이다.

"기억하라, 난간은 기대는 곳이 아님을."

81.   나란 너에게

"문득, 글이 아닌, 인스타를 쓰고 있었다."

"난, 여길 왜 서성거리는 거지? 대체 뭘 찾고 있는 거야!"
"거기 없는, 네 애정의 파편들."

-상징계에서

'사랑받으려는 자만심'

사랑을 갈구하는 것은, 스스로를 경멸하는 궤도에 있다.
자신을 사랑하기 위해서 경멸을, 또다시 경멸하기 위해
사랑을 갈구해야 한다니, 이 얼마나 애처로운 굴레인가.

'나란 너에게'

지옥을 모르는 자, 천국을 논할 수 없듯

자신을 경멸해 보지 못한 자, 자신을 사랑할 수 없어

부끄러워 말고 고개 들어, 지금 넌, 널 사랑하기 위한

방법을 배우고 있는 것뿐이야.

그러니, 온 힘을 다해 남김없이 경멸해

그 경멸이 끝날 때까지, 널 지켜 줄게.

82.　그냥

"그냥, 시작해."

어느 날, 그냥 하지 않을 때, 그것으로부터 해방될 수 있어.

-자신을 부끄럽게 하는 모든 것들로부터

그 어느 날, 그냥 시작할 수 있을 때, 그때 준비는 끝난 거야.

-자신을 자랑스럽게 하는 모든 것들에 대해

'그냥 할 수 있다는 것'과 '이제는 할 수 있다는 것'

이 두 가지는 '신성의 궤도'에 거의 근접한 것들이다.

그 꽃에 몸을 던지는 나비와 같이, 불 꽃에 몸을 던지는 나방과도 같이.

-지금 이것들과 같이

"시작하면 시작된다."

83. 길

"몸의 절반이 죽던 날, 죽어 있던 삶의 절반이 되살아났다."

-200318

어둠 속에서 헤매고 있다면, 오히려 좋은 징조다.

길을 잃었을 때야 말로, 새로운 길을 찾을 수 있기 때문

이다.

-깨진 틈엔 빛이 든다, 그곳으로 걸어라

84.   규칙과 변칙

-규칙과 변칙 혹은 예외성

'질서'

늘 변칙적인 것만 추구한다면, 당신은 규칙을 추구하는
사람 아래 있게 될 것이다.

'혁신'

늘 규칙적인 것만 추구한다면, 당신은 변칙을 추구하는
사람 뒤에 있게 될 것이다.

'코스모스 속 카오스'

변칙과 규칙은 상호보완적인 관계다, 마치, 파괴와 창조
처럼.

'서로 배척되지 않도록'

규칙은 변칙을 존중해 주고, 변칙은 규칙에게 겸손해야
한다.
자신 안에 이 두 인격이 공존한다 해도 역시나 '예외'는
없다.

85.   들꽃

"지금, 이 길, 정말 옳은 길일까요?"
"저기 길가에 꽃들은 누굴 위해 피어 있는가."

'진지한 자문'

가끔, 자신의 길에 대한 의구심이 들 땐, 자문을 던져라.
"아무도 알아주지 않는다 해도, 이 길을 갈 수 있을까?"

'지금 하는 일이'

스스로 옳다고 믿는다면, 굳이 누군가 알아주길 바라지
말라.
누군가 알아주지 않아도 할 수 있다면 옳다는 게 증명된다.
이 자체가 자신을 믿기 위한 유용한 도구 중 하나이기도
하더라.

'광막한 평야 위에'

아무도 보지 않아도

오로지 자신만을 위해 피고 지는

바람결 속 들꽃같이

고요하고 번번하게 자신을 피워내라.

"이미 피었기에 적당히 좋구나."

-들꽃

86.   또 다른 위로

'그의 장례식'

내가 살아 낼 수는 있을까. 범람하는 상실감과 격심한
고통을 감내할 수 없을 것만 같다.
"지금 난 누군가의 위로가 필요하다."

'어느 지독하게 평범한 날'

퇴근 후 집에서 유튜브를 보며 저녁을 먹을 때,
검은 액정 속 미소 짓는 내 얼굴이 비치는 순간 깨달았다.
그가 떠난 뒤, 처음으로 그를 생각하지 않고 있었다는 걸.

'또 다른 상실감'

그 날카롭던 고통이 무디어져 어떤 죄책감마저 든다.

이렇게, 잊히는 걸 변명하기 위한 위로의 이유가 필요하다.

"지금, 난, 또 다른 위로가 필요하다."

87.   이해

"올려 보지도 내려보지도 마, 두 손 꽉 쥔 밧줄만 보는
거야."

-인생의 절벽에서

'손에 힘이 풀릴 때쯤'

여태껏 살아오면서 나를 가장 이해해 주지 못한 사람은,
아니, 가장 나를 오해하고 있었던 사람은, 나 자신이었다.

'오해'

누군가 자신의 마음을 이해해 주길 바라지 말라.
자신의 마음을 온전히 이해해 줄 수 있는 건, 결국 자기
자신밖에 없다.

'이해'

'스스로에게 솔직해지는 것' 이것이, 자신을 이해하는 방법 중에 가장 효율이 좋더라.

88.   조금만

'조금 덜어내'

지금 스스로 부족함을 느끼며 자존감이 떨어져 있다면,
무언가 채울 때가 아닌, 오히려 비워낼 때다.

'위장에서 마음까지'

결국, 비워내야 담을 수 있더라.

'넌 이미 충분해'

"잊지 마, 적당함에 독은 완벽이야."

89. 진심으로

"휴… 언제나 진심이 통하는 건 아니더라고."
"네가 필요할 때만 진심이 되는 건 아니고?"

'갈증'

계속 얻지 못하고 있다면, 더욱 간절하고 끈질기게 구하라.

'우물'

구하는데도 얻지 못할 땐, 구하는 걸 포기하고 발견하라.
그렇게 발견한 건 구했던 것보다, 더 값진 것이 되어 있
더라.

최선의 삶 같은 건 없다, 최선이라고 믿는 삶이 있을 뿐이다.

-진리의 우물

"고귀한 건 진심인 상황이 아닌, 진실한 사람에게 간다."

-최후의 승자

90.   파괴하라

'두 가지 신념'

다른 걸 틀렸다고 하는 사람은 어리석지만
틀린 걸 다르다고 하는 사람은 위험하다.

'파괴하라'

다른 걸 틀렸다고 하는 것과, 틀린 걸 다르다고 하는 것.
이 두 가지는 마치, 전자는 책을 반 권만 읽고 떠드는 사
람이라면
후자는 다독하고도, 그 의미들을 오해하는 사람과도 같다.

91. 일상의 척도

"하.. 어떻게 일이 이 지경까지…"

"너 빼고 다 알고 있었어."

스스로 멈추지 못하면, 운명이 자신을 멈추게 한다.

-운명의 브레이크

'인과응보 총량과 사필귀정 혜안'

어떤 자의 그릇된 행동이 수면위로 떠오르게 되면,

그자의 그 시즌의 업보 게이지가 다 찬 것이라고 보면

된다.

예로, 음주 운전으로 적발된 백 명의 사람 중에,

첫 음주운전에서 적발된 사람이 과연 몇 명이나 될 거

같은가.

'바퀴벌레'

한 마리가 보였다면, 그곳엔 이미 백 마리가 있다는 증
거다.

어쩌면, 인과응보 게이지의 크기는 죄책감과 반비례할
지도.

-싸이코패스

'일상의 척도'

극단적인 행위를 허영, 평범한 행위를 습관,
소인배적인 행동을 공포 때문이라고 한다면,
거의 잘못 판단하는 일은 없을 거다.

-프리드리히 니체

'혜안 사용법'

혜안은 세상의 이치를 좀 더 현명하게 풀어 보기 위한
척도로 활용해야 한다.
비방과 비난의 목적으로 오용하면 이미 혜안을 잃게 되며,
스스로 오만과 편견의 족쇄를 차게 될 것이다.

"모든 건, 다 그럴 만 하니까 그런 것이다."

-이 세계 시스템

92.   위선자

'위선자'

모든 사람의 고통을 덜어주려 성의를 다하면서, 정작 자신은 고통 속에 살며, 그 고통을 즐긴다.

"그는 위선자다!"

93. 전생

"넌 전생에 뭐였을 거 같아?"

"음… 난 아마, 돌고래."

'퐁'

그곳에 풍경은 마치 우주의 비밀정원으로,

색다른 생명들이 어우러져 하나의 아름다운 혼을 이루
며 춤추는 곳이었다.

산호초들은 자연의 보석함에 보물을 가득 담아 두었고,

달빛에 비치는 비늘의 광채들은 마치 쏟아질 듯한 은하
수를 연상시켰다.

항상 마지막 풍경은 심해였다. 그 끝을 알 수 없는 심연
의 웅장한 어둠을 주시하다,

극도의 불안함과 함께 꿈에서 깨어난다.

"저 끝에는 뭐가 있을까?"

'용기, 정체성, 그리고 깨달음'

어느 날 그는 죽음보다 더 큰 불안감을 이겨내고,
자신이 있던 무리를 이탈해 심연으로 힘껏 헤엄을 쳤다.
뒤를 돌아보니 그가 있던 무리가 보였고, 자신의 존재를
알 수 있었다.
그리고, 그 순간 끝을 알 수 없는 심연 속으로 아득히 빨
려 들어갔다.

'안녕'

심해는 마치 시간이 멈춘 듯,
영원한 해류 속에서 흐르는 시를 읊조려 주었다.
그의 서툰 영혼은 휴식을 찾을 수 있었다.
심해에서 그가 꾸는 꿈이, 현실의 지금 세상이었다.

'밝을 명'

평범하고 뛰어난 점은 없지만, 여러 곳에서 다양한 이름
으로 많은 이들에게 이로움을 주며,
묵묵히 세상을 밝히는존재.

"기억났어, 난 명태였어!"

94.　저승

'저.. 승'

"힘내, 개똥밭에 굴러도 이승이 낫지."

"그래, 근데 저승은 가봤고?"

95.   지하철

"이번 역은 이태원, 이태원 역입니다…"

(하.. 이런, 버러지 같은 인생..)

-6호선 번데기

'벌레'

사는 것조차 죄스러워 숨 한 조각도 버거운 짐이 되곤
한다.

땅 떨어진 고개는 딱 자기만 한 벌레를 밟을까 조심해진다.

자기 연민의 품에서 흉한 주름 쌓으며 쓸쓸한 번데기가
된다.

'이번에 내리실 문은'

딱딱한 숨이 돼, 박혀버린 벌레를 억지로 떼려고 하지
마라.
그럴 때일수록 마음의 온도를 1도만 더 올린다면,
다시 문이 열리는 그곳은 단언컨대, 꽤 좋은 향이 스민
곳이 될 것이다.

'1도만 더'

"괜찮다 벌레야, 넌 나비가 될 테니."

"세상 사이에서, 애정의 파편을 찾으려 했던 모험가들이
여. 큰 고통 없었고, 또 없길 바라며."

-이태원 밤하늘의 별

96.　　마음의 원근법

"뭐 보고 있어?"

"그때, 우리 코인 노래방 갔을 때, 동영상."

"어우, 내 목소리 손발 오그라들어."

'자신과의 거리'

우린 우리 자신을 항상 가까운 거리에서 듣고 보게 되지만,

타인은 먼 거리에서 보기에 주로 타인의 실루엣을 보게

된다.

'진실과의 거리'

가끔, 타인과 자신과 거리를 반대로 놓고 본다면,

그동안 타인은 그 정도로 비난 받을 사람이 아니었으며,

자신은 생각보다 관대하게 이해되고 있었다는, 진실과 마주하게 되더라.

"미안하다, 친구야."

-마음의 원근감

97.   돌아갈 수 없는

"어서 와, 오랜만이네."

"누…누구세요?"

그 시절이 사무치게 그리워 그곳을 찾아가 보면,

공간이라는 진한 분장을 한 시간에게 속았다는 사실을

깨닫게 된다.

-돌아갈 수 없는

98.　연주회장에서

-연주회장에서

'서곡 속에서'

악장은 서서히 느린 흐름으로 이어지더니 순간적으로
음악의 마무리인 양 정적이 흘렀다.
초월적인 지연 속에 곡이 끝나지 않았음을 깨닫게 했다.

'심장의 소나타'

정적을 뚫고 나오는 정성스러운 한음 한음에서, 이 곡에
대한 연주자의 사랑이 느껴졌다.
그 순간 멈춘 줄만 알았던 자신의 사랑도, 이 곡처럼 천
천히 연주되고 있었다는 것을 깨달았다.

"사랑은 느린 순간이 있을 뿐, 결코 정지하지 않는다."

-인류의 멜로디

99. 영감은 비처럼

'비의 여신'

"물은 인간의 뮤즈다. 가끔, 물이 되어 너에게 흐르고 싶다."

'착상'

"영감은 창작자가 원할 때가 아닌, 그 영감이 원할 때 온다."

100.　버스

"지나간 버스는 잡을 수 없어."

"근데, 그게 뭐, 다음 버스는 버스 아니여?"

(방금 막차였다. 하지만 또 내일이 있지 않은가.)

'최후'

자신과 무관한 자들이 정한 가치 기준에 스스로를 부합
시켜,

늦었다고 착각하는 자신만이 있을 뿐이지.

오늘이 생의 마지막이라고 해도, 무엇도 늦은 건 없다.

'만류귀종'

"이쯤 와 보니 우선순위가 있었을 뿐, 허튼 일 하나 없더라."

"넌 빠르지 않아. 그래서, 넌 너 자신을 기다려야 해."

-버스정류장에서

101.　부스러기

'부스러기'

고민의 크기를 줄이기 위해,

고민을 깎아내는 과정 중에 나오는,

그 작은 조각들을 귀하게 여기는 마음이 행복이더라.

102. 모자이크

'마인크래프트'

행복은 거친 픽셀로 이루어진 하나의 작품이다.

멀리서는 감탄을 자아내지만 가까이 확대할수록 그 감
탄은 사라진다.

바로 이것이 우리가 타인을 부러워하는 이유이며,

또 그것이 얼마나 의미 없는 것인지 깨닫게 해주는 이유
가 되기도 한다.

'작품의 질'

행복하고 싶은 건지, 행복하게 보이고 싶은 건지.

가끔, 이 두 가지 균형에 대해 살짝 진지해질 필요가 있
더라.

103.   배우 2부

"그래요, 그러함에 인생은 역할 놀이라는 거예요."

"맞아요, 근데, 자신의 역할을 착각하지 않는 게 중요하죠."

"풉, 그래서, 당신의 역할은 뭔가요?"

"저요? 전, 자신을 주연으로 착각하는 배우의 역할이요."

'신 스틸러'

세상이라는 무대 위에서 주연과 조연은 없다.

배우와 배역이 있고, 평범한 배우와 명배우,

그리고 위대한 배우가 존재한다.

'평범한 배우'

자신에게 주어진 배역을 자신의 관점에서 해석해 연기
한다.

'명배우'

자신에게 주어진 배역을, 자신을 포함한 모두의 관점으
로 해석하면서 연기한다.

'위대한 배우'

자신의 배역을 모두의 관점으로 해석하며,
역경과 고난 속에 서도 의지를 끝까지 관철해 배역의 한
계 그 이상을 연기한다.

"죄송하지만, 전, 당신 작품에 조연이 될 생각이 없습니다."

104.   인생 네 컷

"하아… 괴롭다…"
"야, 이 사진 어때?"
"예쁘네… 근데, 갑자기 사진은 왜?"

'공간 속 거리'

카메라로 결함이 있는 사물이나 풍경을 좀 떨어진 거리에서
담아보면, 그 결함이 감춰져 실제보다 훨씬 아름답게 비친다.

'시간 속 거리'

사진과 마찬가지로, 현재에서 좀 떨어진 과거의 경험을
지금 머릿속에 담아보면, 대부분의 일들이 좋은 기억들로 비친다.

'인생 네 컷'

세상에 결함 없는 완벽이란 없다.

현재는 늘 우리와 가장 가까이 있기에,

유독 결함이 잘 비치는 것뿐이다.

그러니 너무 걱정하지 말길.

지금 그 결함도 결국

아름다운 빛으로 비추어질 것이니.

"삶이라는 빛나는 찰나의 한 컷을 위하여."

-김치

105. 고개 들어

"난, 어디서부터 잘못 된 거죠?"

"죄책감을 느낀 순간부터."

"그럼, 언제 끝나나요?"

"죄책감을 느끼지 않는 순간."

"고개 들어, 너 잘못한 거 없어."

106.　유영하여

'삶을 유영하여'

우리는 흔히, 강가로 자신을 이끌어 강물에 몸을 던지는
힘과,
자신을 신고 갈 강물의 힘을 혼동해 가라앉곤 한다.

"가라앉는 느낌이 들 땐, 힘을 빼시길."

-다시 떠오르기 위해

107.   원망

'원망'

그는, 그 어렸던 나에게 "이건, 전부 널 위해서야"라고
했다.

'증오'

그때, 그 모든 게 자신을 위해서 라고 했다면, 지금, 이렇
게까지 그를 증오하지 못했을 것이다.

'용서'

"이제, 말해요, 전부 당신을 위한 거였다고."

108. 신의 질문

"그분은요, 감당할 수 있는 만큼의 고통만 주신답니다."
"주… 죽여줘…."

-고문

"태초에 무의미는 신과 함께 있었고, 신은 곧 무의미였다."

-빛 속에 먼지

'찬란한 역설'

세상은 본디 아무런 의미를 내포하고 있지 않기에 감사
할 이유 따윈 없다.
하나, 이건 스스로 가치를 찾고 창조할 기회라는 의미이
기도 하므로,

항상 감사하지 않을 이유 또한 없는 것이다.

'동전의 양면'

인간은 무가치한 존재인 동시에,

최고의 가치를 지니고 있는 존재이다.

'죽지 못해 살 땐'

사물들의 필연적 아름다움을 찾아내 봐라.

행복을 잃었다고 웃음까지 잃지 말라.

쉽지 않다는 거 알지만 어렵지도 않다.

"저기, 떨어지는 낙엽을 보라, 어떤 의미가 보이는가."

-신의 질문

109. 불편러

"난 괜찮은데, 누가 불편해 할까 봐, 그게 불편해."

-댓글

'돌림병'

멍청함과 총명함은 전염된다.

이것들의 근간을 따라가 보면 강박관념과 유사한 구조

형태를 띠고 있다.

강박관념이 강하면 강할수록, 전염성은 치명적이다.

110. 불멍

'모닥불 앞에서'

"넌 고양이가 왜 좋아?"
"음… 불멍 같아서."

'불멍과 빅뱅'

모든 시작은 '틱!'하는 고요한 불꽃에서 피어 올랐다.
거기엔 선과 악은 없었고 쾌감과 불쾌라는 본능만이 떠
올랐다.
무질서 속 힘의 증가는 선이었고 힘의 감소는 악이었다.
그런 감정과 감각의 교배는 수많은 혼돈을 잉태 시켰다.
그렇게 고단해진 눈 안에 우주는 지금 작은 고향을 품고
있다.

'단순함을 사모하여'

우리가 동물을 보며 힐링을 받는 이유는,
복잡하게 얽힌 문명에서 우리 본능의 단순함을 보고 있
기 때문인지도 모르겠다.
"그 먼 옛날 단조롭던 생활에 대한 그리움일지도."

111. 두 개의 빛

'개똥벌레'

아이는 땅속과 똥 밑에서 1년 동안 일곱 번의 탈피를 거친다.

캄캄했던 몸은 빛을 품고 거듭나 여름 밤 하늘에 별이 된다.

"밝음은 어둠 속에서 비롯된다."

-심연에서

'15일의 빛'

반딧불이는 늘 다른 불빛들에게 둘러싸여,

정작 자신이 빛을 내고 있다는 사실도 잊은 채,

너무 빨리 빛을 소멸해 버린다.

"삶은 그리 길지 않다."

-이제 자신의 빛으로

112.　당황의 두 기술

'당황의 두 기술'

상대와 가까워지고 싶을 땐,

자연스럽게 당황하는 척을 하면 호감을 쉽게 얻을 수 있다.

반면, 말하지 않는 당혹스러움은, 무언의 압박으로 해석
되어

상대에게 두려움을 주기도 한다.

113.   눈치

"대충, 그 정도 살아 봤으면 이제 눈치챌 때도 됐잖아.

너도, 그도, 세상도, 그 무엇도 잘못된 건 없다는 걸."

"원해서 태어난 사람 단 한 명도 없다. 기죽지 말고 살아라."

-진리

114.   저속한 시력

"세상 모든 게 혐오스러웠다. 그중 내가 가장 혐오스러 웠다."

'저급한 시력'

타인의 저급한 면만 보일 때가 있다.

그건 자신의 노력에 대한 합당한 대가를 얻지 못한다고 느끼고 있거나,

자신의 부족한 노력을 타인의 저급한 점에 합리화하려 고 하기 때문이다.

'거울'

네가 저속함을 오랫동안 들여다보고 있으면,

저속함도 네 안에 들어가 너를 들여다본다.

'고귀한 공명'

마음이 저급해 질수록 타인의 고귀함을 본다면,
자신 안에 묻혀 있던 고귀함과 공명하게 되더라.

'자책하지 말라'

아직, 자신과 세상의 시그널이 맞지 않은 것뿐이니.

"진정 원하는 걸, 거울로 삼고 기다려라."

-고귀한 전략

115.   자살과 저출산의 역설

"저는 장차 철학자가 될 아이랍니다."

'살고자 하는 의지는'

죽음을 원하는 형태를 취함으로써 보다 분명하게 나타
나며,
살고자 하는 의지의 극단적인 표현은 곧 자살이다.

'소멸과 탄생의 역설'

자살은 죽고 싶은 의지보다, 오히려 잘 살고 싶은 의지
의 극단적인 표현이라는
쇼펜하우어의 관점으로 저출산의 원인을 본다면.
자발적 미출산은 단순히 아이를 키울 자신이 없어서가
아닌,
세상 무엇보다 잘 키우고 싶은 의지의 극단적 표출인지
도 모르겠다.

'천국보다 아름다운'

"어머, 귀여워라, 이 아이들은 다.. 그리고, 넌 누구니?"

"이번 생에 태어나지 못한 아이들이야, 나도 마찬가지고."

"하, 이걸… 어쩜…"

"히히! 태어나고 싶어 하는 애들도 있지만, 태어나지 않
는 걸 다행으로 생각하는 애들도 있어, 나처럼, 난 오히
려 부모가 될 사람한테 감사한걸."

"아… 어떻게, 그런 생각을…"

'인연'

그대, 날 또 잊어도, 당신의 첫 번째는 언제나 '나'라는
것을 잊지 마요.

당신, 만나보니 참 좋은 사람이네요. 우리 다음에 꼭 다
시 만나요.

116.   연의 꿈

"나 꿈이 생겼어."

'꼬리'

처음 하늘 위로 올라간 연은 한 무리의 새들과 마주쳤다.

연은 새들이 신기해 물었다. "너희는 왜 날고 있는 거야?"

"우린 동쪽으로 가, 그곳에 우리의 자유가 있거든."

연은 그런 새들의 날갯짓이 무척이나 화려해 보였다.

"자유? 멋지다, 나도 너희와 같이 가고 싶어."

"그러고 싶어도, 넌 그 꼬리 때문에 우리와 함께 갈 수 없어."

그 후 연은 새들을 마주칠 때마다 자신에게 달려있는 끈이 부끄러웠다.

어느 날, 연은 하늘을 날며 자신의 끈에게 서럽게 말했다.

"이젠, 날 그만 놓아줘, 난 자유의 날개를 펴고 싶어."

끈은 결국 연을 놓아주었지만, 연은 몸이 갈기갈기 찢어지기 전까지 땅으로 내려올 수 없었다.

-자유라는 미망의 창살

"나, 아파."

"진정한 자유는 더 이상 자신에게 부끄러움을 느끼지 않는 것이다."

117.   비극 그리고 희극

'장르'

자기 삶의 장르를 스스로 결정하는 건 훌륭한 일이지만,
장르, 그 자체를 파괴하는 것은 위대한 일이다.

118.   말

"와, 믿을 수가 없네, 너 대체 어떻게 이걸…"

"믿었어."

119. 배려의 신호

이 늙은 밤을 닮은 무거운 색들은
얇게 패인 마음의 주름 사이를 그악스럽게도 촘촘히 물
들여 간다.

-어둠을 표류하며

'검은 밤'

자신을 되돌아보다 이불 킥을 날린다.
그 한심함은 마치 빛에 끌리는 벌레처럼 타인에 원망으
로 전환된다.
이내 이 벌레들은 딱딱하게 굳어가며 가슴 위로 차곡히
쌓여간다.

'지친 하루의 끝에서'

피로에 젖어서 하는 반성은 우울의 함정에 빠질 수밖에
없다.
지친 상태에선 하루를 돌아보거나 일기도 쓰지 말아야
한다.

'안식의 종'

하루의 끝에서 증오심이 밀려올 땐,
그 누구의 잘못도 아닌,심신이 지쳐 휴식을 취하라는 영
혼이 보내는 신호일 뿐이다.
신호를 받았을 땐 쉬는 것이, 자신에 대한 최고의 배려
더라.

120. 문과 이과

"너, 문과야? 이과야?"

"음… 저기, 저건, 흰말 궁둥일까? 백마 엉덩일까?"

'오이디푸스'

빅뱅 이론의 가설을 처음 꺼낸 건 작가 볼테르다.

괴테는 우주에 나사선 성운이 별 무리가 소용돌이치는 것을 처음 주장했다.

놀랍게도 그것이 지금 우리의 은하다.

이 외에도 과학적 신개념이 예술가에 의해 대두되는 사례는 꽤 많았다.

'창백한 푸른 점'

천문학자 칼 세이건은 문학의 정점에 있는 코스모스를 집필했다.

물리학자 아인슈타인은 과학이란 창을 통해 세상을 읽어냈다.

이 밖에도 이공계의 많은 학자가 예술계에 끼친 영향은 실로 지대하다.

'모두 자신의 한길로'

인간은 모두 방법은 달라도 저마다, 자신만의 삶을 살아가고 있다.

가끔, 자신의 길에 대한 회의를 느끼는가?

지금 당신이 그 어떤 길을 가고 있든지 자신을 믿고 그 길에 정통하라.

그럼, 거의 모든 것들과 통하게 돼 있다.

'굳이, 피곤하게'

최고가 되려고 하기보단, 차근차근 느긋하게 정통하라.

산으로 올라가는 길은 많아도, 정상에서 보는 풍경은 같다.

121. 사소한

"아, 이건 못 참지."

"그거 못 참으면 딴 것도 못 참아."

'사소한 절제'

큰 자제심은 사소한 절제심들이 모여 완성된다.

그렇게 완성된 일련의 행위를 보고 사람들은 '위대한 것'
이라고 칭한다.

122.   우정의 감정

'우정의 감정'

다른 사람에게, 친구에 대한 말은 아끼는 편이 유리하다.
우정의 감정은 말로 하면 잘못 표현되는 성질을 지니고
있기 때문이다.

123.　양들의 체온

'털의 온도'

우리의 풍성한 털은 여름과 겨울에 적당한 체온을 유지
해 줘.
이 털은 우리에게 없어서는 안 될, 매우 중요한 생존 수
단이야.

'마음의 온도'

우린 서로의 체온을 느끼고 싶어 항상 서로에게 꼭 붙어
있지만,
털 때문에 살이 닿지 않아 서로의 체온을 느낄 수가 없어.
"아, 얼마나 따뜻할까.."

124.   에피쿠로스의 모니터

'잔혹한 대뇌반구'

부의 성질은 마치 100인치 OLED 모니터와 같다.

'첫 경험 그 찰나의 감각'

처음에는 황홀하지만, 며칠만 지나면 그 감각에 익숙해
져 처음의 감흥을 완전히 상실하게 된다.

'그래봤자 인간'

그 이상의 크기는 인지능력의 한계로 피로감만 유발한다.

'욕망의 어리석음'

이제, 이것보다 작고 저화질 화면을 보게 되면,
만족하지 못하며 다시 큰 것을 갈망하게 만드는 성질을
지녔다.

'자기기만과 권태'

첫 감흥을 찾기 위해 스스로를 기만에 빠트리는 수고까
지 덜어야 하며,
그런다고 해도 온전한 첫 경험의 감흥을 찾진 못한다.

'공허'

마치, 지난날의 좋았던 모든 첫 경험들처럼.

'에피쿠로스의 노래'

현재 필연적 욕망이 아닌,

선택적 욕망을 위해 돈을 벌고 있는 것은 아닌지,

냉정한 관점으로 재정비해 보아라.

영혼을 갉아먹으면서 스스로를 권태에 빠트리려 하지

마라.

굳이, 빠르게 가려고 하는 건, 비합리적 전략이다.

천천히 음미하며 즐기는 것이 현명한 자의 미덕이며,

오랜 행복으로 가는 첩경이더라.

'마음의 화질'

오, 화면은 더 넓어지고 선명해졌지만, 마음은 점점 더

좁아지고 흐려지는구나.

125.　폼

'은둔자'

"영원의 뱀이여, 빛을 몸에 새겨라!"

'폼'

가식 없지만 경박하지 않고,

거침없지만 품위를 잃지 않으며,

늘 웃고 있어도 슬픔을 잊지 않는.

"가장 큰 희망과 가장 큰 고통으로 동시에 걸어가라."

-영웅으로 가는 길

126.   꿈

"노래하고 춤추는 수많은 사람, 나만이 그곳에 없었다."

-몽환의 축제

'모든 시작과 끝'

인간이 자신에게 베풀 수 있는 최고의 미덕 중 하나는
잠이다.

'신오한 작품'

꿈은 자신의 경험과 기대, 현실을
마치 예술가의 용기와 시인의 섬세한 언어로 새롭게 구
현한,
예술적 감성을 담은 신오한 작품이다.

그래서 꿈을 꾸고 나면, 자신이 놀라운 존재로 느껴지곤
한다.

'예술 감성의 총량'

우리가 깨어 있을 때, 예술적 감성이 부족한 건,
그 감성을 꿈에서 써 버렸기 때문이다.
특히 예술가들이 아침에 불안을 느끼는 건,
바로 이런 이유 때문인지도 모르겠다.

'영감의 손실'

"창작가들이여, 꿈을 기록하길."

127.   두려운 사람들

"자, 이 의견에 찬성하시는 분은요?"

'나는 찬성합니다'

이 일에 관심은 있지만,

더 중요한 건 이곳에서 나의 존재감을 발휘하고 싶다.

난 사실 소외되는 것이 두렵다.

'저도 찬성입니다'

나는 이 일에 대해 약간에 반대 입장이지만, 방금 찬성

한 사람에게 잘 보이고 싶다.

난 그가 나에게 실망하는 것이 두렵다.

'저도요'

이 일은 찬성으로 결정될 거 같다.

적당히 묻어가고 싶다. 말은 귀찮다고 하지만,

사실 사람들이 날 주목하는 것이 두렵다.

"자, 그럼, 이번 의견은 거의 만장일치로 결정이 났습니다."

-두려운 사람들

128. 디딤돌

'예언의 서'

"너의 불안과 고통이 가볍다면 당장 멀리는 갈 수 있겠지만, 결코 높이 가지는 못할 것이다."

'부조리한 짐'

"같이 출발한 사람들은 이제 보이지도 않는데, 헉헉."
"걔들은, 전 단계 때 운이 좋아서, 짐이 없으니깐, 헉헉."
"어깨가 너무 무거워요, 아, 이젠…"
"이제 거의 다 왔어! 조금만 더 가보자!"

'마지막 시련'

"모두 여기까지 오신다고 수고 많으셨습니다.

이번 출구는 저 위에 있습니다. 단, 규칙은 각자 자신의

짐만을 사용해서 올라가야 합니다.

자, 그럼, 출발하세요!"

"!!!!!!"

'디디기 위한'

우리의 짐을 내려놓을 때쯤에,

그 짐은 한 차원 더 높은 삶으로 올라가기 위한 디딤돌

로 쓰일 것이다.

기억하라 짐의 무게가 무거울수록,

그 디딤돌은 더 견고하고 안전하다는 사실을.

129. 심연

'그는 나에게서 그를 본다'

"심창에서, 적막의 친구로서, 때로는 고통의 동맹으로써."

'심창의 문을 열며'

예전엔 보이지 않았던 것이 보이고,

느껴보지 못했던 감정에 복받쳐, 툭 하면 알 수 없는 눈물을 흘릴 때가 있다.

그건 갱년기도 우울증도 아니다. 바로 자신의 심연을 보았기 때문이다.

'심연의 뿌리 앞에서'

모든 인간의 심연은 연결 되어있다. 자신의 심연을 봤다는 건, 인류 모두가 뒤섞여 있는 연결된 심리의 심장을 목격했다는 증거다.

그건 자신의 탓이 아닌 오직 심연을 향해 고요하게 눈을 돌린 자의 피할 수 없는 운명일 뿐이니, 무거운 책임감으로 자신을 책망하지 말고, 그 필연적 아름다움 앞에 당당히 서라.

"가슴 펴라, 당신은 잘못한 거 없다."

-지상으로

130.   마녀의 목

"다 죽여라! 죽여! 사형시켜라!"

"뭘 봐? 그게 그렇게 재미있어?"

"응, 사이다잖아."

-복수를 위한 복수

'복수의 대상'

조직 내에서는, 어떤 일이 불가피한 우연 탓에 실패해도,
누군가 반드시 책임질 사람이 나와야만 한다.

'우연은 복수를 모르기에'

실패로 인한 분노에 대한 복수는 사람에게는 할 수 있지만,
우연으로 인한 고통들은 억지로참을 수밖에 없기 때문
이다.

'도덕의 광기'

복수를 위한 분노 표출은 사회 곳곳에서 자주 목격된다.

'도덕의 기원'

약자들은 강자들을 가둬두기 위해서, 도덕이라는 창살
을 고안해 냈다. 그래서, 도덕의 밑바닥에는 공포와 원
한이 짙게 깔려 있다.

-프리드리히 니체

"지금, 사람들은 알 수 없는 불안에 대한, 복수를 원한다."

-마녀의 목

131.   리모컨

'리모컨'

가끔, 행복은 가깝지만 눈에 띄지 않는 곳에 있어.

잊지 마, 중요한 사실은 결국 찾는다는 거야.

132. 우산

'아차'

"아.. 나 아까부터, 자꾸 뭔가 빼먹은 거 같은데.."

"난, 알지."

"어, 뭔데?"

"네, 정신."

(아... 우산)

'꽃밭'

꽃잎들 애초롬히 고개를 들 때

방울꽃 선명하게 장식된 풍경들이 펼쳐진다.

꽃밭에 흠뻑 빠져들 때

어느새 풍경은 세상을 똑 닮은 오픈 세트장이 되고

하늘이 곁에서 희열하며 감정에 솟은 가시들을 씻겨내
려 준다.

꽃잎들이 서서히 떨어져 가고 심장의 울음이 소근거릴 때
생명의 날개를 어깨에 살며시 덧대어 본다.

133.   나쁜 X

술을 마셨다.

마시다 보니 담배가 당겼다.

해로운 건 또 해로운 걸 당긴다.

그렇게, 독에 젖은 하루의 끝은

널 끌어당긴다.

-나쁜 X

134.   욕구의 노예

'향락의 욕구'

음주는 적당량 까지만 우릴 자유롭게 한다.

향락을 위한 음주에서 주량을 벗어나게 되면,

그 후론 술이 우릴 마시게 된다.

'소유의 욕구'

소유는 어느 한계까지만 우릴 자유롭게 한다.

그 한계에서 딱 한 걸음만 더 나아가면,

그 후론 소유가 우릴 소유하게 된다.

'인식의 욕구'

무언가 알려고 하는 것도, 일종의 고차원적인 소유욕이다.

"자유를 갈망하여, 스스로 노예가 되는 사람들."

-욕구의 노예

135.　습관

"아, 진짜 인생 한 방에 가는구나."

"아니야, 넌, 늘 꾸준히 맞고 있었어."

"한방과 막 타를 혼동하지 마."

-습관

136. 모든 이의 신

"하늘을 걸고 맹세할게."

"그딴 거 말고, 너 자신한테 해, 넌 나한테 신이니깐."

'0과1'

"신은 없거나, 모두 신이거나."

'그건 신만이'

누군가 자신을 완전히 이해해 주길 바라는 건,

그 누군가를 자신의 지옥으로 초대하려는 것이다.

하나, 사람들 대부분은 그 지옥을 향해 스스로 달려간다.

"신에게도 지옥이 있다면, 그건 인간에 대한 연민일 것
이다."

"모든 이가 모든 이의 신이 되길."

-신의 갈망

137.   이사

-이사

'뉴스'

"피해자 유가족들에게 할 말은 없나요?"

"어…"

"마지막 범행 후 무슨 생각을 했나요?"

"어, 이사요, 이사."

'202X년 8월 13일'

며칠 전 우리 아파트에서 묻지마 살인 사건이 일어났다.

밤마다 어둠 속에서 감정이 끓어오른다.

이제는 주변 사람도 믿을 수가 없게 됐다.

나를 보호할 수 있는 건 나 자신밖에 없다는 결론을 내렸다.

그래서 오늘 호신용 무기를 하나 장만했다.

'202X년 8월 22일'

맙소사 오늘 우리 동네에서 또 흉악 범죄가 일어났다.

불안함이 파도처럼 밀려와 이젠 약이 없으면 잠에 들지 못한다.

내일은 졸피뎀과 항우울제를 처방 받으러 병원에 가는 날이다.

이 불안한 마음에 안식이 찾아오길 오늘도 간절히 기도해 본다.

'202X년 8월 30일'

약에 내성이 생겨버려 잠에 들지 못한다.

벌써 한 달 치 약을 다 먹어 버렸다.

답답한 마음에 뒷산으로 산책하러 나갔다.

어둠 속에서 한 남자가 내 뒤를 쫓아왔다.

그는 얼굴에 악마 같은 흉측함을 띠고 있었고, 손에는
무언가를 쥐고 있었다.

두려움이 마음을 가득 채웠지만, 난 두려움에 굴하지 않고,
온 힘을 다해 그자의 목에 나의 호신용 칼을 내리꽂았다.

이렇게 자신을 지켜낸 게 어제부터만 벌써 세 번째다.

더는, 이 흉측한 곳에서 살아갈 자신이 없다.

당장 이사를 해야겠다.

138.   봉지

"너, 왜 그러고 울고 있어?"

"봉지가 뜯어지지 않아요…"

-가슴속 질소

'과자 봉지'

마음의 상처는, 과자 봉지의 패인 부분과도 같다.

마음에 팬 곳이 있을수록, 그곳으로 마음을 열어야 한다.

139. 자유론 결정론

'자유로 나들목 그 어디쯤 에서'

'괜히 사고 날라'

"안 피곤해? 내가 운전할까? 사고 나면 어떡해."

"뭐, 사고 날 운명이면 막을 수 없겠지."

"너, 운명론자야?"

"음… 아니"

"아하, 너도 자유의지론자구나."

"쓰읍… 딱히 그것도 아닌데."

"응?"

"난, 둘 다야."

"잉? 그게 뭔 말이야?"

"이런 얘기 말고, 잠 깨게 음악이나 듣자, 괜히 사고 날라."

'랜덤 플레이'

다음 트랙의 이야기는 알 수 없지만, 확실한 건 이미 정해져 있다는 것. 그렇다고, 이걸 운명으로 단정 짓지 마, 그 리스트에 이야기들은 또다시 우리의 선택이니.

"자유와 자유 사이에서, 운명을 수정하라."

140.   은은한 사치

"이 향수는 왜 안 뿌려?"

"그냥… 향이 너무 좋아서…"

'행복의 향기'

행복은, 달콤하지만 그 향의 유효함이 짧은 향수와도 같다.

향을 진하게 유지하려는 욕망은, 자신의 후각을 마비시

키고

주변인들에게 불쾌감을 유발한다.

행여 하늘이 맡을까

이내 모자란 향기 틀어막고

숨죽여 스며들어 간다.

–은은한 사치

141. 영업비밀

'영업비밀'

큰 걱정 없는 자들이, 걱정 많은 자들에게 안도감을 값
비싸게 팔며, 이렇게 오늘도 세상은 돌아간다.

142.   밸런스 게임

'밸런스 게임'

"때로는, 아무런 선택도 하지 않는 선택을 해봐."

"대체, 그때가 언젠데?"

"중요한 건, '때'가 아닌, 그 선택이 '왜' 오게 되었는가야."

143.   약속

'사랑의 서약'

"두 사람은 평생 서로를 믿고 의지하고 사랑하겠습니까?"
"네!"

'지킬 수 없는 약속'

행동은 약속될 수 있어도 감정은 약속될 수 없다.
감정의 변화는 교감신경계로서 자율신경계통에 속한다.
한마디로 감정은 의지대로 되는 것이 아니다.

'더 합리적으로 되기 위해'

일이든 사람이든 그것이 뭐가 되었든,
감정이 약속되는 상황은 재고하라.

그리고, 가장 중요한 건 자신부터 감정이 아닌
행동에 약속하는 사람이 되어야 한다.

'또 다른 나와의 약속'

기도, 목표, 계획 등은
앞으로 그곳에 있을 또 다른 나와의 약속들이다.
'행복하기', '사랑하기' 같은 무책임한 감정의 약속은
자존감만 떨어뜨리며 우울감에 빠뜨리고 만다.
자신에게도 구체적인 행동들을 약속하라.
그리고 그 행동을 하는 동안에 일어나는 감정들은
그때의 나로 그냥 조용히 지켜봐 줘라.

'참된 약속'

"기쁨과 약속하지 말고, 기쁨을 위한 행동과 약속하라."

144. 악수

'알잖아'

계속 그런 생각 하다 보면 결국 태어나지 말았어야 했다
는 걸.

지금은 죽을 건지 살 건지 한 가지만 선택할 때야.

"이제, 밥 먹자."

'호랑지빠귀 지저귀누나'

"꽃이었구나! 꽃들이 널리 퍼지는구나!"

눈풀꽃들 춤추며 속삭이니

"어서, 도망치라고, 이곳은 너와 어울리지 않아,

언덕을 가로질러 절벽 끝 호랑지빠귀에게 손 뻗으라고."

'악수'

그늘이 쭈뼛쭈뼛 몸을 감싸 안았다. 그러고는 포근한 바람
그래! 바람! 바람 이 녀석을 통해 말을 걸어왔다.
"이제, 우리 화해하지 않을래?"

"바람이 분다, 살아야겠다."

-폴 발레리

145. 동작

'무브먼트'

모든 인간의 가치는 동등하지 않다. 애석하게도 이것은
자명한 사실이다.
저마다의 각기 다른 가치의 인간들이 존재할 뿐이다.
 마치, 무브먼트 시계의 모든 부품의 가치가, 하나하나
다 다르듯이 말이다.

'하나, 기억하라'

시계 부품들의 가치는 동등하지 않고 모두 달라도,
어느 작은 톱니바퀴 하나라도 빠진다면, 그 무브먼트는
점점 힘을 잃는다는 자명한 사실을.

'블루 무브먼트'

지금, 여기 80억 개의 톱니바퀴가, 정교하게 맞물려 기
민한 듯 느릿느릿 돌고 있다.

146.　기적

'미로에서'

"내 존재의 무게가 온통 어금니 끝에 물려 있다." -공황

'인식의 좌표'

"이 혼돈의 미로 속, 나와 출구까지의 거리는 0미터였다."

'기적'

"올려보지 않았을 뿐, 이 곳에서도 하늘은 보이더라."

"삶은 인식의 수단이다."

-출구에서

147.   삼킨 자와 먹힌 자

"요즘, 얼굴 보기 힘드네."

"아, 미안, 내가 요즘 좀 바빠서."

'관대함을 삼킨 자'

그는, 그가 나에게 한 잘못을 내가 모르고 있는 줄 안다.

그가 상처받지 않도록 먼저 사과할 기회를 주고 기다려

줄 것이다.

난 그가 원망스럽지 않다.

'관대함이 삼킨 자'

그에게 사과해야 하는데 자꾸만 기회를 놓쳐 버린다.

이젠 그를 피해 다니게까지 됐다.

나에게 이런 수치심을 안겨주는 그가 원망스럽다.

148. 공정해질 용기

"난, 이제부터, 나 자신을 지키기 위해 냉혹하게 살 것이다."

'흑화 오류'

타인의 눈치 안 보며 욕먹고 사는 걸, 자유로 생각하는 것은,
냉정함과 공정함의 차이를 이해하지 못한 실수 혹은 오류다.

'모든 사람에게 사랑받지 않으려는 마음은 옳다'

하나, 군이 모든 사람에게 미움 받을 필요까지는 없다.
냉소적 태도는 자신의 선택이지만, 냉소는 타인에게 전염이 되며

그 자체만으로도 불쾌감을 준다. 결국 자기 삶도 피폐해지더라.

'핵심 오류'

냉혹한 사람을 강한 사람으로 착각하지 말라.
완고한 것을 청렴한 것으로, 그리고 냉정함과 공정함을
혼동하지 말라.

'고독한 만큼 멋진 길'

자기 자신에게까지도 선을 긋는 공정함을 갖출 때,
미움 받는 사람이 아닌,
사람들이 어려워하는 사람이 되어 있을 것이다.

"미움 받을 용기보다, 먼저 공정해질 용기를 가져라."

149.　길 위에서 길을 묻다

"지금, 고민하고 있기에는, 하루가 그리 길지 않구나."

'길 위에서 길을 묻다'

장차 네가 해야 할 일이 뭔 지는 모르지만, 한 가지 확실한 건
당장 해야 할 일만 해도, 오늘 하루는 충분히 짧다는 것이다.

'그대가 불안한 건'

과거라는 되돌릴 수 없는 막힌 벽 앞에 서 있거나,
미래라는 무한이 열려는 있지만 지반이 부실한 상상 위에 서 있기 때문이다. 그럴 땐 할 일을 찾아 집중하거나 그것도 아니면 나가서 그냥 걸어라. 그것이 안정감 있

게, 현재 위에 서 있을 수 있는 방법이자, 미래의 부실한 지반을 다질 수 있는 원동력이 되더라.

"오늘도 하루살이의 평생을 살아라."

150.   꿈에서 온 편지

'꿈에서 온 편지'

"요즘 어때, 어떤 게 제일 힘들어?"
"사는 거, 사는 거요."

"아, 엄청 덥다."
"요즘, 어때?"
"휴, 힘들지… 아… 비나 왕창 내렸으면 좋겠네."
"그거 알아?"
"아니, 모르지."
"<u>흐흐흐</u>, 인디언들이 기우제를 하면 무조건 비가 온 대."
"오, 그래? 신기하네."
"왜 그런지 알아?"
"아니, 왜?"
"올 때까지 하니까."

"어찌 됐든 한번은 온다."

'무모한 도전'

심각했다면 무모함이지만, 즐길 수 있었다면 도전이다.

151. 설계자

'신과의 거래'

"그대, 원하는 걸 말해 보아라."

"당신이 가장 갈망하는 것, 난, 그것을 원한다."

'도박'

"자, 이제 선택하거라."

그는 억수 같은 고뇌 끝에 3을 선택했고,

신은 잿빛 하늘을 향해 주저 없이 주사위를 던졌다.

"제발!!"

'신의 구라'

매정하게도 영겁의 하늘은 주사위에 7개의 점을 차갑게

내려다보았고,

그는 운명의 흐름을 나선형으로 가로지르며, 그 찰나 깨

달았다.

"어! 주사위에 7은 없지 않은가!"

'3+7=十'

"그렇다, 이것이 인생이다."

"이 빌어먹을 완벽한 세상이여, 널 사랑한다."

152. 가면

'가면'

"벗고 있을 땐, 사람들에게 외면당하고, 쓰고 있을 땐,
자기 자신에게 외면당한다."

153. 삶의 한 방울

'삶의 한 방울'

인간은 바닷속 작은 물방울이다.

바다 안에 있지만, 그 자체로 바다가 되지는 않는다.

우리도 현재의 삶 안에서 살아가지만,

예전에도 존재했고 앞으로도 다른 형태로 존재할 수 있다.

따라서 우리의 현재는, 우리가 일시적인 형태로 존재한

다는 증거일 뿐이다.

154. 숲 속의 두 아이

"그래서, 뭘 본 건데."

"세상이요, 세상."

'숲 속의 두 아이'

산책로 벤치에서, 숲은 시인의 언어로 고요히 자신을 읊
조려줬다.

꿈속에서 그는 두 아이가 되었다. 나, 이면서 우리이기
도 한 두 아이는,

나비와 나방으로 가득 찬 숲 속에 서 있었다.

'인식의 사전'

한 아이는 아직 나방이라는 단어를 배우지 못했다.

나, 라는 두 아이는 같은 곳에 서 있었지만,

서로 다른 세상을 영혼에 새겨갔다.

'정신의 필적'

나무들이 제창하는 숲의 시의 천연 빛을 통과 하며 정신
을 차렸을 때,
설레는 첫눈에 자국을 남긴 건, 늘 보면서도 한 번 부르
지 못한, 이름 모를 나무와 거기 매달린 작은 꽃이었다.

"이 꽃의 이름은…"

'인식의 정원'

그 후 그는 산책로 있는 나무와 식물들의 이름을 하나씩
알아가기 시작했다.
그렇게 평범했던 산책로는 나무와 식물들이 먼저 인사
를 건네는,
경이로운 마법의 정원으로 거듭났다.

'기적의 명명자'

이건 비단 나무와 식물만이 아닌, 매일 무심코 지나치는
모든 것에 대한 이야기다.
어떤 이름 혹은 새로운 단어를 안다는 건 하나의 새로운
세상을 마주하는 것과 크게 다르지 않다.

'앨리스'

"이 이상한 세상에 오신 걸 환영합니다."

155.　　인생의 의미

"대체, 왜 살아야 하나요!"

"넌 여전히, 답을 질문으로 하고 있구나."

"정답은 없다 하며, 늘 답을 정해 놓고 살아갔다."

-길모퉁이에서

'삶은 아무 의미 없다'

하나, 의미 없이 산다면, 살아 있는 것이 아니다.

자기 삶의 의미는 오직 자신만이 규정한다.

'자신만의 중량으로'

자기 삶 속에 가치들을 재평가한다.
저것은 어떠한 것이며 또 얼마만큼 한 것이라고,
사물의 중량을 새롭게 규정한다.

비관에 잠겨 살아간다면, 인생은 한여름 대낮이라도 캄
캄한 어둠이 드리워질 것이다.

-프리드리히 니체

'태양은 가득히'

무엇이든 스스로 규정하려는 열정의 빛은,
자기 삶 속으로 스며들어,
결국 인생은 빛나는 의미들로 가득 채워질 것이다.

'왜 살아야 하는지'

왜 살았어야만 했는지. 삶의 가치를 자신에게 증명해라.

"우린, 증명하는 게 취미니깐."

156.   행복의 척도

"아, 바지 젖은 거 신경 쓰여 죽겠네, 넌 괜찮아?"
"뭐… 난, 이미 흠뻑 다 젖어서…."

'물방울'

빗물에 바다가 젖지 않듯.
큰 불행을 가진 자는 사소한 슬픔을 전혀 느끼지 못한다.
사소한 것에 슬퍼할수록 행복한 것이다.

'행복의 척도'

그 사람이 무엇에 즐거워하고 있는지가 아닌,
그 사람이 무엇에 슬퍼하고 있는지를 봐야 한다.

'행복 사냥꾼'

행복을 행복에서 찾으려 하면 쾌락이 된다.

행복은 고민에서 찾아야 한다.

고민의 크기가 작을수록 그게 행복한 것이다.

'벼락, 홍수, 가뭄, 흑사병, 오! 신이시여!'

인류는 알 수 없는 것에 대해 공포를 느껴 왔다.

하나, 과학의 발전으로 그것들의 현상의 내막을 알고 난 뒤,

더 이상 그것들은 두려움의 대상이 될 수 없었다.

마찬가지로 어릴 적 우리에게 큰 슬픔을 주었던 일들이

지금은 더 이상 슬픔을 주지 못하는 것처럼.

우리는 자기 계발로 스스로를 고양함으로써,

현재 자신이 하는 고민의 크기를 줄여 나갈 수 있다.

157. 드라이아이스

"아 뜨거!"

"차가운 거겠지."

-드라이아이스

'-78.5°C'

드라이아이스가 맨 살에 닿으면 불에 데는 듯한 통증을
느끼지만,

사실 이것은 화상이 아닌 급격한 동상이다.

'냉혹한 오류'

사람들은 흔히 차가운 사람을 강한 사람으로 착각한다.

강해진다는 명목으로, 스스로 차가워지는 과오를 범한다.

'우주의 의지'

강한 건 아름다움에 있고, 아름다움은 따뜻함에서 비롯된다.

'얼어붙은 대지'

내면의 따뜻함만 잃지 않는다면, 결국 싹을 틔워 낼 것이다.

158. 마음의 연못

"오, 이 연못 좀 봐."

"와, 신비로워."

-요정의 샘

'두 작품'

내용이 명확한 작품은 평범하게 여겨지나,

내용이 불명확한 작품은 탐구하는 열성의 기쁨으로 인

해 특별하게 여겨진다.

'착한 사람'

언행이 명확하고 상냥한 사람에 대해서는,

별생각을 하지 않게 되기 때문에,

그 사람을 평범하다고 간주하게 된다.

'나쁜 사람'

언행이 불명확하고 까칠한 사람에 대해 생각할 때,
느끼게 되는 자기 열성의 기쁨을 그 사람 때문이라고 착
각하게 된다.

"바닥이 보이지 않는 신비에 매료되어, 탁한 물과 깊은
물을 혼동하지 말길."

-마음의 연못

159.　오류

"넌, '성선설', '성악설', 어느 쪽이야?"

"근데, 선이 뭐고 악이 뭐냐?"

-질문오류

160.　위선자2

"나, 또 넘어졌어!"

'낮은 자세'

"넘어지지 않으려면, 자세를 더욱더 낮춰라!"

"자신을 낮추는 자는 높아지기를 원하는 것이다."

-누가복음 18장 14절

"자신에 대해 침묵하는 건, 고귀한 위선이다."

"겸손은 고귀한 위선이다."

"누구도 아닌 오로지 자신을 위해, 고귀한 위선자가 되어라."

161. 재능의 가면

'유리가면'

재능은 화려한 가면이다. 가면의 조각이 떨어져 나가며 점차 재능이 밑바닥을 드러낼 때, 그자의 본모습도 같이 드러난다.

162. 방탕

"지겨워, 이젠 막 즐기면서 살 거야."

-문을 열며

꽤 오랜 세월, 방탕을 존재의 일부로 지닌 삶을 살았다.

-잃어버린 영역

방탕한 건 즐거움이 아니라, 즐거움을 잃어버린 것이었더라.

-지옥의 뒷문에서

"즐거움은 잘 정돈된 정신의 작은 틈 사이에 감추어져 있다."

-볕에 잘 익은 이불

163.   바닥을 기고 있는 자

'바닥을 기고 있는 자'

"지금, 내가 저자보다 더 힘들지 않다는, 진리적 근거를
제시할 수 있을까?"
"없다, 아직 고통의 무게는 잴 수 없기에, 그리고, 가까
이에서 보아라, 그는 지금 웃고 있다."

164.   삶이라는 작품 위에서

"좋은 날씨, 휴식, 웃음, 평범한 삶, 나 이래도 되는 걸까?"

'빛'

지금 환희하고 있는 것을 표현한다면 기쁜 작가가 될 것이다.

'어둠'

지금 고통받고 있는 것을 표현한다면 슬픈 작가가 될 것이다.

'그늘'

그땐 고통받았었지만, 지금은 어떻게 환희 속에서 휴식할 수 있게

되었는지를 표현할 수 있다면, 참된 작가가 될 것이다.

"그만하면 됐다, 이제 좀 쉬어라."

-삶이라는 작품 위에서

165.   행복의 저울

-행복의 무게

"당신의 꿈은 무엇입니까?"

"제 꿈은 행복해지는 것입니다! 그 뿐입니다."

'사건의 지평선'

"아직, 비워내지 못한 마음속 중력은 여전히 무겁다."

'행복으로 도망친 자'

"크크크…. 결국 이렇게 돼 버렸네, 하… 너무.. 가혹해."

"……"

"평생, 행복을 위해 열심히 살았어요, 근데 지금 남은
건…"

"……"

"항상, 행복은 가볍고, 불행은 왜 이렇게 무거운 거죠?"

"……"

"나 열심히 살았잖아요, 아, 젠장! 무슨 말 좀 해보라고!"

"오, 이런 어리석은 자여, 행복을 행복에서 찾으려 했으니, 괴로울 수밖에."

'행복을 가로질러'

행복을 행복에서 찾으려 하면 더욱더 불행해질 뿐이다.

행복을 고민의 무게에서 찾아봐라. 지금 하는 고민이 무엇인지,

그 고민의 무게가 가벼울수록, 그게 행복한 것이다.

'관념의 저울'

저울 양쪽에 행복과 고민을 각각 올려 놔.

그 다음 고민의 무게를 조금씩 줄여 나가며, 저울의 '정'

위치를 찾아가는 거야.

'지금, 어떤 고민을 하고 있지?'

"당신, 꽤 행복한 사람 일지도."

166.   삶의 배역과 행복

"나, 이제, 내가 누군지 알았어."

"너, 이제, 외로운 삶을 살게 될 거야."

-빨간 모자를 쓴 어릿광대

'촌극'

"삶은 고통 그 자체이며, 고통 앞에서는 만인이 평등하다."

'연기자'

카메라 앞에서 배우들은 다양한 배역을 연기하지만, 그 건 전부 작품 속 외면적인 모습일 뿐이다.

카메라 뒤 현실의 내면적인 모습은, 모두 고통과 괴로움 을 지닌 가련한 배우일 뿐이다.

'인생의 캐스팅'

현실에서는 지위와 부의 차이로 사람들의 배역이 정해
진다.

'삶이라는 중력의 생방송에서'

우리의 인생에서도 그 누가 그 어떤 배역을 맡았든, 카
메라 뒤에 있는 배우들과 마찬가지로,
우리 모두의 내면적인 모습은 고통과 괴로움을 품은 가
련한 사람들이다.

'배역은 배역일 뿐'

우리의 고통과 괴로움에는 개인차가 있지만,
자명한 사실 하나는 행복은 배역의 지위와 부에 비례하
는 것이 절대 아니다.
돈과 명예는 상대적 가치를 지니고 있는 반면 인격과 개성,

즉 자신 안에 행복 만큼은 절대적 가치를 지니고 있기 때문이다.

'흥행성과 작품성'

잘 산 인생이란, '얼마만큼 행복했었는가'라는 흥행성이 아닌

'얼마나 고통스럽지 않았는가'라는 작품성으로 결정이 된다.

'최후의 시상식'

당신이 그 어떤 배역을 맡았든, 다른 배역들과 비교하지 않고 작은 역할에도 성의를 다하면서,

잘 먹고, 잘 자고, 울고 싶을 때 원 없이 울고, 게다가 자주 웃기까지 했다면,

단언하건대 최고 배우의 트로피는 당신 손에 들려 있을 것이다.

"레디, 액션!"

167. 흐르는 강물처럼

"난, 이제, 어디로 흘러가는 거죠?···"

-소용돌이치며

'흐르는 강물처럼'

작은 소용돌이에 집착하여, 강물이 흐르고 있다는 사실
을 자주 잊곤 한다.
하나, 기억하라, 강물이 장애물에 부딪히며 수많은 소용
돌이를 일으킨다 해도,
강물은 멈추지 않는다는 걸.

'폭풍'

가끔, 급류 속에서 자신의 강줄기에 대한 의문이 든다
면, 그건 이미 잘 흘러가고 있다는 증거다.
"가라, 바다로."

세상을 지나쳐 가라

초판 1쇄 발행 2024년 01월 22일
초판 2쇄 발행 2024년 02월 05일

지은이   김도섭

디자인   포레스트 웨일
펴낸이   포레스트 웨일
펴낸곳   포레스트 웨일
출판등록   제2021-000014 호
주소   충남 아산시 아산로 103-17
전자우편   forestwhalepublish@naver.com

종이책   979-11-92473-93-2

작가님들과 함께 성장하는 출판사
포레스트 웨일입니다.
작가님들의 소중한 원고를 받고 있습니다.
forestwhalepublish@naver.com